LOCUS

LOCUS

LOCUS

L O C U S

catch

catch your eyes；catch your heart；catch your mind……

國家圖書館出版品預行編目資料

捨不得／喻麗清文 ； 崔永嬿圖.
— 初版— 臺北市：
大塊文化，2004 [民 93] 面； 公分. (catch ; 79)

ISBN 986-7600-81-9(平裝)

855 93018918

catch 79
捨不得
喻麗清◎著
崔永嬿◎插畫
責任編輯：王開平、韓秀玫 美術編輯：張士勇&集紅堂
法律顧問：全理法律事務所董安丹律師
出版者：大塊文化出版股份有限公司
台北市105南京東路四段25號11樓
讀者服務專線：080-006689
TEL：(02) 87123898 FAX：(02) 87123897
郵撥帳號：18955675 戶名：大塊文化出版股份有限公司
e-mail:locus@ locuspublishing.com www.locuspublishing.com
行政院新聞局局版北市業字第706號

總經銷：大和書報圖書股份有限公司
地址：台北縣五股工業區五工五路2號
TEL：(02) 89902588 (代表號) FAX：(02) 22901658
初版一刷：2004年11月
定價：新台幣280元

ISBN 986-7600-81-9
Printed in Taiwan

捨不得

喻麗清的收藏盒子

收藏，無非爲了愛。愛一棵樹、一塊石頭、一片雲，
捨不得，因爲背後一個又一個故事說不完……

喻麗清 著　崔永嬿 插畫

【目錄】

8 姊姊的小藥瓶
14 補夢
20 意外得來的小銅人
26 買或者不買
32 小兔餅乾盒
40 畫蛋

48 然後呢？
54 蠟筆請留步
60 噴火的龍
66 螃蟹奇談
72 原始人的綠卡
78 房子與盒子
82 國王的禮物

90 金子變成沙

98 魔術師的百寶袋

104 貝殼要說話

110 牙仙盒

116 小提琴的故事

124 八哥沐浴圖

132 白玉麒麟

138 威尼斯的面具盒子
144 巴黎的玫瑰
150 喫茶趣
156 筆
162 媽媽的毛線針
168 稚情
172 故事：捨不得，說不完……（後記）
176 謝幕感言

姊姊的小藥瓶

小時候從母親那兒聽來的故事，一再發酵，有時覺得像電影裡的情節。

是真的嗎？母親在世時我這麼問。她去世二十年的今天，我已不想追問，因爲故事早已變成我童年的一部分。那些只有回憶才能上演的劇本，有我在裡面、有母親在裡面，那就夠了。

然而其中有一幕，我不是主角，姊姊才是。

那一年，爸媽帶著姊姊和我，還有出生不久的弟弟，準備逃難到台灣。最後一艘大輪船在碼頭等著，兵荒馬亂的，母親抱著baby，父親抱著我，只有姊姊要自己照顧自己。那時候，她才六歲不到。

海上風浪實在太大，最後決定船不靠岸了。船上拋下繩梯，要走的就爬梯子上船。爸媽一咬牙：還是走。

於是，千叮萬囑吩咐姊姊：要把繩子抓得死緊，絕對絕對不准放手也絕對絕對不要向下看。一向下看要是掉到海裡，爸跟媽是沒有辦法救你的。聽到了嗎？聽清楚了嗎？

姊姊點點頭，勇敢地向上爬。海浪一波一波打上來，她的小臉只朝著天堂的方向，一格一格爬了上去。

她的頭髮剪得很短，穿工裝褲，像個小男生。我從小時候跟姊姊的合照中看到她，那個勇敢的小女孩。只要母親說起這個故事，不知道爲什麼，我的眼淚就會湧上來，好像我比母親還要心疼她的懂事。好像，我和弟弟的幸福，原來是用她的懂事換來的。

姊姊上中學的時候我最羨慕她了，因爲她住校，周末才

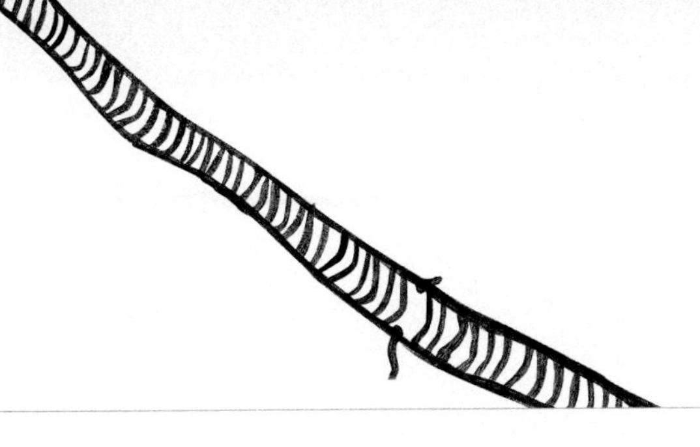

回家。靜修女中是天主教學校，當年有點貴族氣，學校有許多外國來的修女。每次她回家，我都覺得好像她是從外國回來的。

有一次她帶回來一個小瓶子送給我，我高興得無以復加。直到今天，小瓶子裡的快樂還像利息一樣隨歲月增加。

瓶子只五公分高，小丑造型，通體黃色，瓶蓋卻是深藍的，有如小丑的帽子。小丑鼻子特大，兩手交叉在胸口，大拇指跟鼻子一樣大得出奇，造型有趣又可愛。

我問姊姊：「這是哪兒來的？」

姊姊說：「美國修女送我的。我病了不肯吃藥，修女說如果我喝了瓶子裡的藥水，這小藥瓶就送給我。我就一口氣把藥水喝了。」

算起來快五十年了，偶然在收藏盒子裡看到它。姊姊都忘了這件往事，我說我永不會忘——

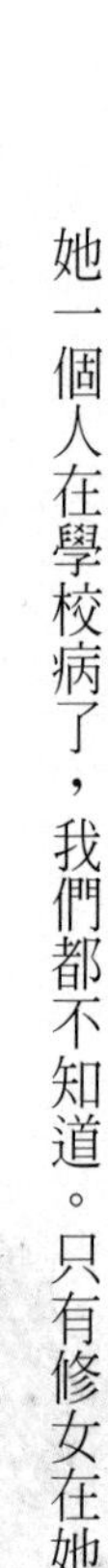

她一個人在學校病了，我們都不知道。只有修女在她身邊……

姊姊笑了：「難怪有好一陣子我都想當修女呢。」

記憶不一定可靠，但我們的愛卻值得依賴。

等我外孫女兒長大，大到懂得珍惜的時候，第一樣我想送她的禮物就是這個小藥瓶。那時候，我會指著小丑的肚子，告訴她那裡頭裝的故事，一個關於苦難時的勇氣和人間最寶貴的慈愛的故事。

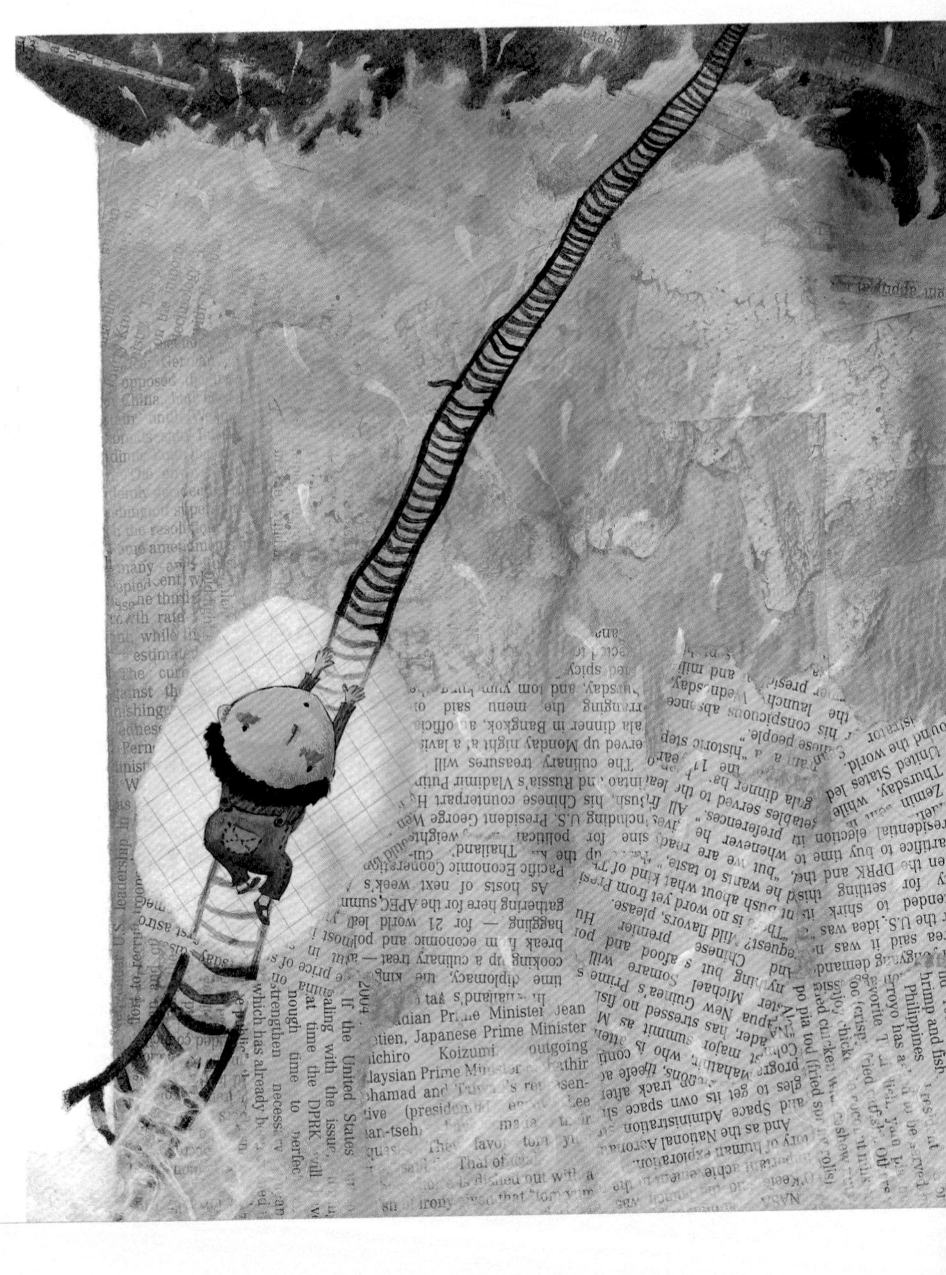

補夢

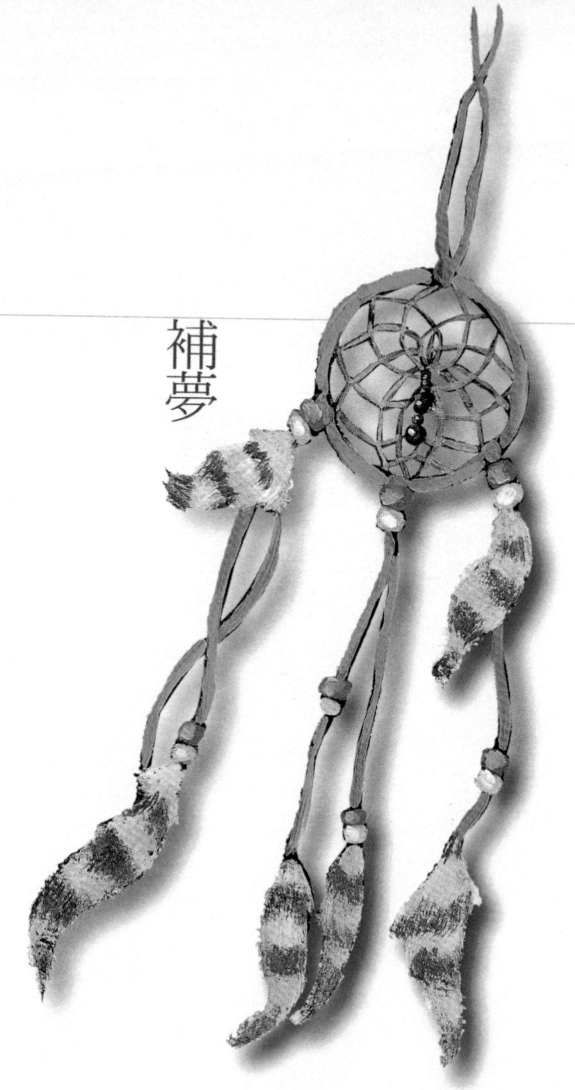

進印第安人的手工藝品專賣店，你會看到掛著許多蜘蛛網似的圓形裝飾品。每個蜘蛛網底下還吊了幾根羽毛。它有個極好聽的名稱：捕夢網（dream catcher）。

古早以前美國印第安人用柳枝打個圓環，拿仙人掌的刺做針，在環上鑽孔，再以一種「世紀植物」（號稱一百年開一次花得名）的纖維穿鞋帶似地在針孔裡來回穿繞，一張人造蜘蛛網成形了。過幾天心血來潮，又在網上掛幾根羽毛或幾枚貝殼磨出來的珠子，捕夢網就告完成。

印第安人迷信捕夢網會把你每晚做的夢捕捉下來：壞夢

見了陽光就消失，好夢留在網上成眞。

我小女兒買過一個，寶貝得很。搬到哪裡，帶到哪裡。行李箱一打開，總是先找出她這會捕夢的蜘蛛網子掛起來。在她這個愛作夢的年紀，有這樣神奇的「巫術」幫忙，我當然是寧可信其有。捕夢網替女兒「捕」夢，女兒也在替我「補」夢。

清理廚房，看到一柄很久沒有用過撈餃子用的漏勺，鐵絲外頭還纏了一塊我用舊的白絲巾。這是大女兒小時候，學校演話劇自製的克難道具。我一下子就想起來了，她演一個瘋婆子，手拿一把捕蟲網滿街亂跑。

別人問她：「你在做什麼？」

她很認眞地說：「我在捉夢，我在捉夢，別擋我路。」

我一想起她那認眞的表情、認眞的演出，就忍不住感動。話劇叫什麼名字我早忘了，就是她的那兩句台詞，永遠不會忘掉。

「我在捉夢，我在捉夢，別擋我路。」

台下的觀眾笑得要命，她從左邊進去了，又從右邊出來，舞台上那認眞的小瘋子，是我的大女兒。手上拿的「捕夢網」，是我們共同的發明。

如今，她整天在野地裡尋找化石，明年就是個小博士了。還是一樣認眞——

「我在捉夢，我在捉夢，別擋我路。」

望著小女兒買的印第安捕夢網，想想她們姊妹性格的差異，不禁失笑。大女兒靠自己打拚來捕夢，小女兒她老想當作家的夢，卻似乎要等待「巫術」幫忙呢！

但願我會修補破網就好——不是修我自己的，是補她們的。

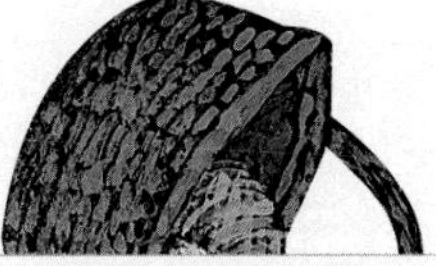

意外得來的小銅人

昨夜做了一個夢，夢見我走進了藝術的叢林。

林蔭道兩邊，開著一家家有趣的小鋪子。鋪子裡的東西跟它們的招牌一樣，使我流連以至於迷路：山家小鋪、小熊森林、清香齋、游藝鋪……醒來，覺得不可思議。

永康街，想起來了，眞實的藝術小街也許就在台北的永康街。五年前我去的時候有趣的店鋪更多，如今不少都關門了。經濟與文化的連動，原來關係這樣密切。在這股票跌綠的當兒，永康街上非常適於散步。

我最愛一家叫「游藝鋪」的小店。上回在那兒買過東西，印象還在。五年後，當然又去報到。

眞的如同走進一個藝術叢林，窄長一條店面，進去了就像迷路的小紅帽。其實兩邊櫥窗裡的藝品沒有一樣跟麵包有

闘，或者是誘惑或者是警醒。我但覺手中拎個想像的小提籃，一樣樣把可愛的寶貝往裡頭擱，現代的以及骨董的，一直就忍不住要往樓上走。

在樓梯口，我看到一個長軸像抽紗的織品，總有四英尺長吧！我想像編織者的手和時間在上面交錯過的靈會，決定要買。我又在櫃子裡，看到三個做首飾的模子，郵戳一樣大的錫合金，完美如浮雕。

我幾乎把臉貼扁在玻璃櫃上。櫃檯後頭那位老闆，也許少見這樣的狂熱分子，就說：「這是非賣品，不過給你看看無妨。」說著從櫃子裡取出那三件珍品來。這還是我第一次看到做首飾的模型，豔羨不已。

眞愛藝術的人，身上會有某種難以控制的熱情，遇上所愛就不自覺發散出來；來不來電，大概就是這個意思。我跟那三個雕刻非常來電，眞情掩飾不住，老闆於是跟我談了起來。

我說：眞喜歡你這店鋪，五年沒有回來，一回來還想過來看看。幸好還在。

老闆姓郭，郭萬瑾先生。店開了十七年，生意最好時在誠品還有分店。現在只想留守這一家了。

我說：明天就要上飛機。下次不知何時回台。不過，來了還是會來報到的。

老闆或許被我感動，竟由玻璃櫃裡拿出一個拇指大的小銅人來，說：「這個小銅人，是非洲那裡的吉祥符。送給你吧。」

我的驚喜，也許像當初把它掛在胸前的非洲土人一般，混合著快樂與心願。眞希望游藝鋪永遠會等在我「生命轉彎的地方」，一如每次還鄉出現在我記憶中的童年。

小銅人似乎有個專有名稱，叫「生命之鑰」。原來象徵著生命的起源，頭很大、乳房突出，有個明顯的肚臍，像剛與母體剪斷。

回美國後，我用黑絲線和一粒暗紅的珠子打成中國結。偶然掛在胸前，想起人家非洲人是求多子多孫多福壽，我無所求。小銅人，張開如十字架的雙臂，使我在冬日的柏克萊，時常想念起永康街那條小巷裡邂逅的一點情誼，很溫暖很藝術，好像生命的源頭就該是那個樣子。

買或者不買

這不是哲學命題，純粹由任不任性決定。等我想通了，已經太晚。它們一個個擺進我不見天日的櫃子裡；偶爾拿出來把玩，才記起它們的存在。點數它們，像數算我與日俱增的任性一樣。

買或者不買？

有把銅鎖是在日本奈良街頭買的。

買了又怎樣？

出外旅遊買回來的紀念品，如果沒有有趣的小故事附會其上，這紀念品要不多久就會失去保存價值。你相信嗎？

奈良那把鎖，是隻銅龜。扣在門上腦袋一按就鎖住，要用特製的鑰匙從尾端開啓。

想到一隻烏龜爬在門栓上替你看門，已經夠滑稽了，賣骨董的日本歐吉桑更是有趣。他輕吹口哨一邊把他的寶物攤放出來，別人的地攤井井有條，只有他的亂無章法，很像美國跳蚤市場。

這是奈良旅館旁邊的巷子，我早晨起來一個人散步，無意中走進去的。好幾個攤販賣二手古物，有中國的日本的歐式的。吹口哨的老先生顯然很愛講話，一見我就日語起來；我一見「非中國人」，英文就不知覺上了口。我們比手畫腳用三種語文（因爲他用小本子時不時寫幾個漢字出來給我看）交談起來。有意思得很，我居然也明白了他是退休後太無聊，每個周末出來擺個攤子好玩。

到現在還記得那個老先生的樣子，可是奈良有名的東大寺要我在日本諸多寺廟神社裡指認出來還眞不容易呢。

都是中國的東西，他說。我順手揀起腳邊這隻銅龜，問是做什麼的。他隨手一按，卡擦一聲，鎖住了。我點頭，是鎖，懂了。可是，怎麼打開？

這下他才想起來鑰匙不知擱在哪兒。他翻箱倒櫃一陣亂找，我急著直搖手算了算了，實在並不想買。眞虧他還找著了一把小鑰匙，眞打得開。

銅龜在我手上把玩了好一陣子，不買顯然過意不去，只好問價錢。五百，日本錢都是以百計算的。五百三百對我區別不大，只是覺得不還個價好像沒面子，就三百買下了。

臨走，老先生說等等，打開花布包拿出拍立得相機，給我拍了張照。回旅館路上，相片裡的我才漸漸定影，笑得開心。那個清晨是我日本十日遊最愉快的一個清晨。

後來，在橫濱商場裡吃麵，四個人吃了三千八百圓，我才明白眞不該占人家那兩百的便宜。也許老先生眞的只是找個人聊天而已，他賣舊貨不爲生計，我買銅龜也不是因爲愛不釋手。買一副銅龜鎖附送一張拍立得照片，這算哪一門子交易？只有在日本才可能發生？

中國骨董和拍立得相機、日本奈良和旅館旁一條小巷，意識流一樣顯影清晰。對不同地方的記憶，如果也可以是買來的，那麼，幸福就是買，買一大堆無用而不感到無用的東西。任性的本質很可能在哲學層次看也是無用的，不過它不需要哲學做靠山，照樣自得其樂。

一把銅鎖不如一碗麵值錢，可是麵沒有了銅鎖還在。梵谷和他的畫也一樣，梵谷死了他的向日葵和麥田在。生命物化了，金錢卻流水一般依樣流通著。

小兔餅乾盒

班傑明去找他堂弟玩，還沒到嬸嬸家，半路上就看見堂弟彼得可憐兮兮在草叢裡發抖。班傑明忙問：怎麼回事？

裹在一條手帕裡的彼得哆嗦著說：我媽剛給我打的新毛線外套和鞋，都掉在麥老頭的菜園子裡啦。怎麼回家跟我媽交代呢？

見了這樣的開場，誰能不帶著微笑把這小人兒書趕緊往下讀呢？這是英國家喻戶曉的兒童文學作家波特女士（Beatrix Potter）經典童書「小兔彼得」系列的頭一本。

你知道彼得的藍色毛外套怎麼來的嗎？

原來彼得的媽媽是個兔寡婦，靠賣手工織的毛衣啦鞋襪手套之類養活她的四個兔寶寶。彼得是老么，最淘氣的一個，常溜到麥老頭的菜園裡偷吃沙拉菜。

一九〇一年初版自印本問世時，彼得並沒有穿外套，因爲波特女士沒想要出彩色的書。她覺得兔子是棕色的菜園又是綠色的，只兩種顏色沒必要印成彩色，黑白效果相差無幾。可是出版家說兒童書嘛還是彩色的好賣，作者才給他穿上一件有一顆金色鈕釦的藍毛衣。沒想到就是毛外套上的金鈕釦，可把彼得害慘了。

彼得被麥老頭追打的時候，討厭的金鈕子害他勾在鐵絲網上狼狽極了。他倒栽蔥吊在鐵絲網上，金鈕子又釘得死緊，卡在鐵絲上就是下不來。幾隻麻雀還飛下來望著倒吊的彼得乾著急。最後他聽到麥老頭一聲怒吼，嚇得使出吃奶力氣才脫險。藍毛衣就此莫名其妙犧牲了，連鞋子後來也穿到稻草人腳上去了。

小兔之母波特女士大半輩子躲在農莊上，天生是個自然愛好者。她畫的香菇草菇之類的蕈種，刊登在英國的科學學報上。那時候女人連讀科學刊物都是禁止的。

其實她連正規學校都沒上過，她只是觀察得超乎常人地仔細，畫得不厭其煩地翔實——這就是科學的基本精神——後來她才知道。她也沒想要當作家，只是喜歡養些小動物畫著好玩。不料朋友拿她的小畫先是當明信片用，後來印成聖誕卡銷路不錯，才鼓勵她寫書。

她說的故事和她的畫一樣，可愛有趣，百看不厭。一百年來，從第一本童書出版到現在，不分老少西東，她的圖畫故事永遠有知音。

我的小兔餅乾盒，是上個世紀一九九〇年香港製品。大紅金屬盒子，盒面有三十六隻「動物公民」開聖誕舞會。雖不是波特女士手筆，但歡喜相遇的狐群「兔」黨，一看就是彼得和班傑明的子孫。這是Paterson夫婦畫的《狐狸村童話》的場景。

《狐狸村童話》裡有刺蝟、小兔、小鼠、臭鼬、螢火蟲和狐狸。「人物」多了，故事情節自然比《小兔彼得》複雜得多，可是成人氣太重，反而沒有彼得天真可愛。

舞會是在狐狸開的酒店裡舉行。樓上走廊一排弦樂隊的

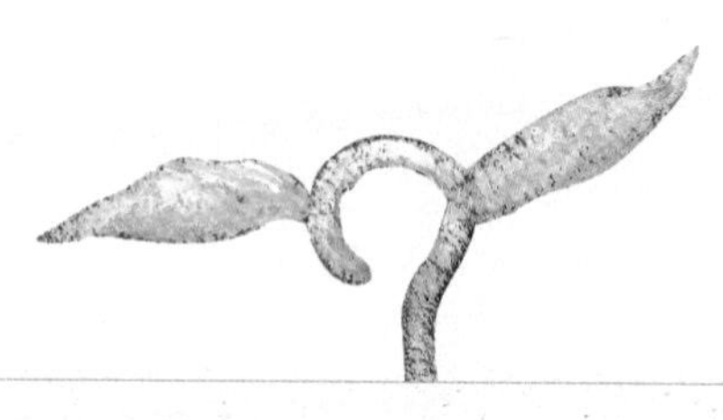

樂師正為演奏調弦。樓下動物村民盛裝出席，紅綠絲絨的宴會服和各式帽子展現做為波特女士接班人青出於藍的畫風。右後方那隻臭鼬是雜貨店老闆，前頭坐在桌邊的是刺蝟媽媽。

小刺蝟就在媽媽旁邊，今天裝扮成綠林好漢羅賓漢，還戴了羽毛帽。這個小主角像個小偵探，把失傳已久的檸檬汁祕方都找到了。聖誕舞會供應的飲料當然是他們村子有名的檸檬汁；盒子裡裝的神祕聖誕禮物，是餅乾。

餅乾永遠是孩子們童年最甜美的夢，空了的餅乾盒卻眞需要一點點基督精神來保存。盒子的主題顯然不是聖誕，所以左邊一棵聖誕樹大半都擠到盒外去了，右上角的Holly樹葉也只稍做點綴而已。它與其說為了聖誕製作，不如說是因《狐狸村》的童話迷而誕生的。

不過，我覺得這盒子裝餅乾可惜，應該裝書。尤其是可愛的童書——像《小兔彼得》那樣純眞得可以地老天荒永遠青春的小書。得到一個餅乾盒子裝著精神食糧的聖誕節，將是多麼難忘的一場盛宴哪。

朋友送我這個盒子的時候，裡面的餅乾早不見蹤影。他吃掉了實質的童年，我收藏著童話裡一遍遍重演的童年。

畫蛋

小女兒是個福星，大學沒畢業，工作已經等她上任。起先，她還想賴著，說要多念一年中文才要畢業。後來聽同學說這年頭找事有多難多難，她趕緊提前申請畢業好去就職。

上個月，抽空幫她搬家。只獨立在外生活三年，可她收集的「破銅爛鐵」不比我少。我在她書架邊一只小籃子裡，居然看到幾只完整的空雞蛋殼——心底滾過一陣熱潮。我又想起女兒小時候，跟我一起畫蛋的往事。

每年復活節，美國小學總會有些慶祝活動。復活的宗教意義日漸淡薄，但春天的復活，其實同樣值得慶祝。尤其，我從前住在水牛城，冬天足有半年之長。到了復活節，眞是頓感復活——由被迫的冬眠中復活，所以這個節日，也就分外投入。

老師說：要帶煮好的蛋去學校。好，我給女兒煮一打帶去。（原來不是要吃，是藏在草地裡，讓孩子們捉迷藏似地找出來玩。）老師說：要帶幾個完整的空蛋殼到學校去畫——這事很鮮，沒想到後來我自己上了癮。

好一陣子，老師沒說，我也照樣每年復活節，吹幾個空蛋畫著自娛。孩子上了高中，好像還陪我畫過一次。那時候，我已不知不覺收集了一籃子的彩蛋。有時候，我由櫃子裡拎出來，指給她們看：這是你畫的，那是她畫的……兩個女兒會大叫：

「這麼難看？太丟臉了，媽，我可不可以重畫一個？」

從前我常上當，任她們把各自小時候畫的「醜蛋」換掉。如今一再淘汰，只剩十五個。「悔其少作」，原來是無止境的。但是，她們悔的，卻是我再也找不回來的歲月的痕跡呢。

畫蛋用的蛋，現在也買得到塑膠或木頭做的，俄羅斯的金銀珠寶鑲嵌飾蛋更講究得離譜了。但那時我們用的蛋，都是眞的雞蛋自己吹出來的。還記得第一次吹時，吹得我兩頰痛了兩天。

把蛋的兩頭，用針尖各戳一個小孔，由一頭對著飯碗吹，把裡面的蛋清蛋黃吹出來，剩下的空蛋殼等乾透就可以用壓克力彩料塗畫起來。

我們一邊吹，一邊學喇叭手吹奏音樂的樣子，有時候笑鬧得太厲害，越發吹不出蛋黃來。女兒還老要跟我比快，結果針孔變成「洞口」，蛋裡的內容一下子就清空，但畫人只好畫「禿頭」，畫起圖案來有「黑洞」——那個口破得不好收

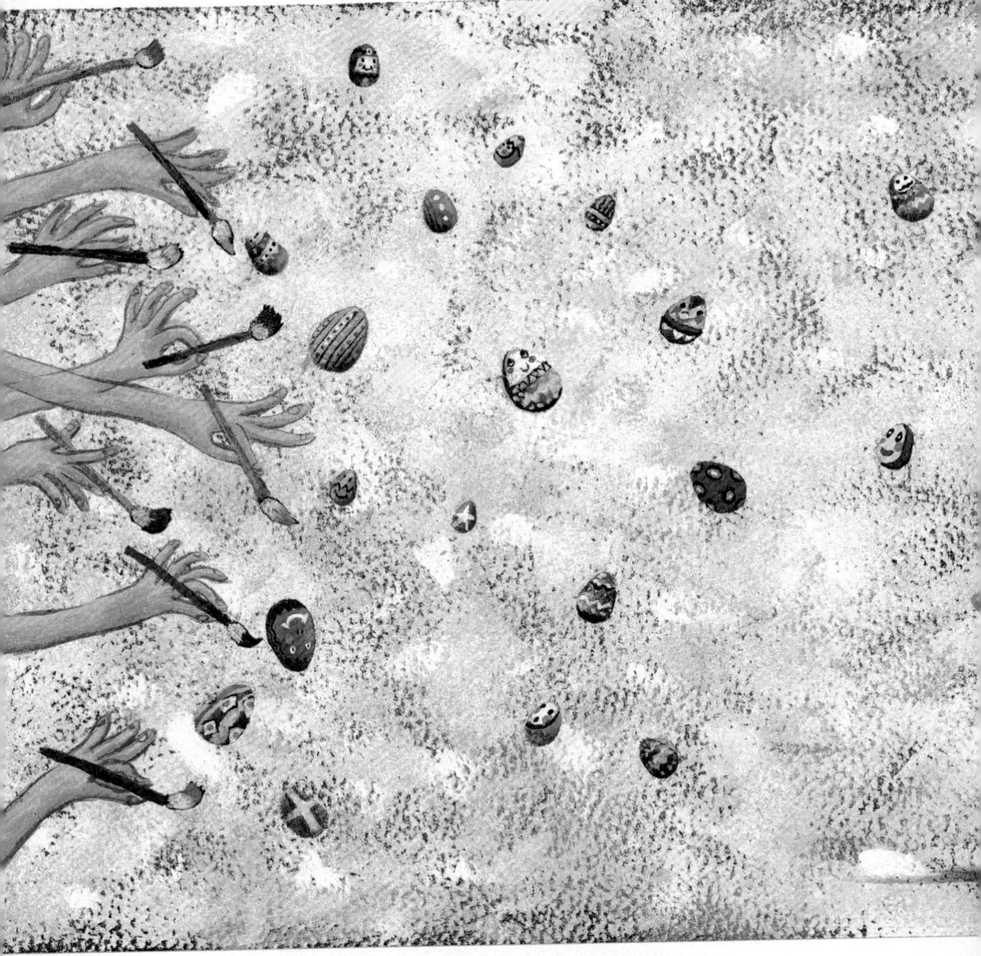

拾。

我總是求好心切，針孔小得害苦了雙頰。後來，每聽見小喇叭薩克斯風的音樂，就想起我吹蛋的痛苦——其實，吹完的痛快也是等值的。

眼前，我有一籃彩蛋，裝在一只黃色鐵絲編成的鏤空雞形籃裡。籃子是大女兒某年送我的生日禮物。十五個彩蛋，是我某年某年與女兒在一起，共有過的生活情趣。生活，一點一滴，過了也是過了；生活裡的情趣，用什麼保存下來，卻見仁見智。

據說，愛斯基摩人的語言中，「雪」有五十二種不同的名字，因爲雪在他們生活中太重要了。我的蛋，才只十五個，原先我的確是嫌少。如今在女兒書架上見到那幾只空白的還沒時間畫的蛋殼——針孔懂得跟我一樣講究「小」了——我知道，愛也可以有五十二種不同的名字，正如這些生活過的彩蛋。那不足之數，她們會悄悄爲我補上，某年某年以後……這十五個寶貝，我再也不會嫌少。

然後呢？

書有盜版，玩具的仿冒可能更嚴重。

我們家有個捲心菜娃娃比美國的「正版」娃娃小上一號，但看起來更加可愛。朋友見了都很訝異地問：

「這是亞洲版的捲心菜娃娃嗎？」

其實那是我表妹在台灣夜市買回來給我女兒的禮物。女兒離家上大學去了，臨走把他交給了我。他的名字叫：小頭。

算算十幾年了，他就一直沒長大過。「小頭」永遠不會變老頭，女兒給他取的名字眞是好。

無意間在網上看到捲心菜娃娃的拍賣行情，有幾個娃娃身價五百美金，嚇我一跳。其中竟然眞有所謂日本版娃娃，跟我家「小頭」長得很像。

我摸摸身邊這個小人兒，心想：人家只是少張出生紙，說不定還有個雙生兄弟在日本呢。心中一陣慚愧，趕緊拍了拍他頭上的灰塵，把他的衣褲鞋襪脫下來洗個乾淨。他的小襯衫上寫著：There's nobody else like me.（沒人像我）。

眞的嗎？我問「小頭」。他的藍眼睛看著我，好像說：那還用問？

可不是嗎？八〇年代美國最瘋狂的流行玩具就是捲心菜娃娃，每個娃娃身上附有出生證書。都是手工做的，雖然沒有一個娃娃的臉蛋稱得上美麗，可是手指頭腳趾頭甚至膝蓋窩手肘和肚臍都齊全。以前的玩具娃娃都是一個塑膠模子做出來再加上不同的衣裝而已，捲心菜娃娃誕生後，一種號稱「軟性雕塑」的藝術也同時風行起來。

當年我對捲心菜娃娃並無好感，報上還登過玩具店裡兩個女人搶一個娃娃大打出手的新聞，覺得不可思議。我家小女兒還老氣地評說：有這樣的媽媽，都沒有臉去上學了。

不過，後來看到美術館裡幾個超大型布塑人像和商店櫥窗擺著布料縫出來的仙人掌，不得不感謝那位捲心菜娃娃的始作俑者。比起刺繡縫拼，我覺得「軟性雕塑」更適合做爲現代人的女紅。

每一代人有每一代人的流行玩具，九〇年代有電子寵物，把一群小孩忙壞了，整天跟電子玩具裡的假想寵物假戲眞做，玩得不亦樂乎。回想我們小的時候，玩具眞的多假的少。大概弟弟妹妹就是我們的洋娃娃，摺出個小紙球可以拍上半天，揀片破瓦跳房子，貓捉老鼠狗看門的無所謂寵不寵，我們不也有不亦樂乎的童年嗎？

小外孫女兒快兩歲了，我本來打算把「小頭」當禮物送給她。給「小頭」洗了個澡之後，愈看他愈像個活生生的小孩，就改了主意。

進了兒童商城，琳琅滿目，老眼更加昏花，眞不知該給女兒的女兒買什麼好。朋友剛學會說話的小孫女跑過去抱起一大包尿布說：禮物，禮物。我笑得腰都直不起來，這兒童眞天才。

事實上，兩歲以前根本不必發明玩具，孩子和大人都忙累得沒時間玩。玩是很花時間的，玩是要有閒情的，玩是人生中難得的奢侈與享受。有玩不完的玩具，卻沒有玩不完的人生。

捲心菜娃娃的故事說完了，親愛的「小頭」，你就別再問我：然後呢？玩具是沒有然後的，只有人生才有。

蠟筆請留步

到中國大陸旅行最怕上公共廁所。

可是紐西蘭卡瓦卡瓦（Kawakawa）城裡的公共廁所卻是旅遊景點，因爲廁所的設計師是奧地利有名的裝飾藝術家洪德華色（Hundertwasser）。

藝術家的名字很有意思，英譯就是hundred water（百水）。百水成川，公共廁所與很多水聯結，變得既乾淨又幽默，眞是找對了設計人。

有回生日朋友寄給我一個地址本，裝在正方形的小鐵盒裡。小鐵盒子大小很像我小時候收集過的三五牌香菸菸盒，輕扁小巧，很是可愛。鐵盒上彩繪了一張孩子氣的臉，臉圓成饅頭，眼睛像兩片鍍了銀的柳葉，中間有兩顆彈珠滾動，綠色底黑白方格的襯衣，眞像小童在幼兒園裡的畫作。

一看就知，是洪德華色。他圖案式多彩繁複的線條，是克利和高第（Antoni Gaudi）的混合，裝飾性極強，但更有國際風格。

也許因爲他的第二任妻子是日本人的緣故，這張童趣的臉譜愈看愈像日本人。他還畫過一張題名〈漢人〉（The Mandarin）的畫作，臉圓眼睛也圓（像蘇州庭園的兩扇窗），

帽子如一堵紅磚砌的牆，感覺像東南亞一帶的人。他畫的山水像人、人像地球，環保意識宣言一樣寫在他的調色板上。

他說人有三層皮膚，除了眞正的皮膚和衣服，我們住的房屋就是第三層。窗子應該像毛孔，讓人的內在與大自然氣息相通。

過度的裝飾有時變得惡俗，不過洪德華色設計的建築卻總是成爲觀光景點，不能不叫人佩服他玩耍色彩的魔力。好像花與陽光跳動在他的調色板上，有自己專屬的舞步。

他的設計，無論海報無論郵票無論建築，都可以用兩個字形容：熱鬧。

用世俗習慣以素雅爲高尙的傳統觀念看來，他的畫作也許太熱鬧了，好像一年四季停在盛夏，快樂得不肯再往前走。但我喜歡他作品中的線條，線條的遊戲像下棋，每移動一步都有新局面。

小鐵盒子裝的地址本，收集了他的十六幅代表作，像本迷你畫冊。顏彩跳舞的地盤變得像郵票似的，但那些夏日般的色彩與快樂並沒有縮小。不知爲什麼，每次打開這個盒子我都想說：童年您慢走，蠟筆請留步。

洪德華色的童年眞的留步了，他的蠟筆好像怎麼都畫不完。

想他兩歲喪父，十歲開始躲避反猶太人運動，到十五歲親友裡有六十九人送進集中營一去不返。他有沒有過童年呢？還是他一生最純淨的日子就停在那想像中的童年呢？色彩，也許在他的畫中只是一種人造的快樂吧。

文章本該到此收尾，忽然電話鈴響：

謝神父去世了。

怎麼可能？上星期在我家聚餐還好好的。

他跳樓的，有憂鬱症很久了。

神父不是不可以自殺嗎？

他有病。那一刹那他一定不知道自己在做什麼。

昨天他生日，昨天他才五十六。

謝神父是在美國認得一位台灣來的神父。不，應當說他是從美國去台灣的一位美國神父。他能說國語台語，比我們的英語還像樣。他在台灣待久了，美國已經沒有根了。也許神父本來就不該有根，但是上帝卻沒有保證他們不生病。

如果不當神父，他會不會快樂些？

神父給我的印象都是黑白的。高尚失去意義的時刻，不知道多彩色的世界是否來得及補救？在那最後的刹那，我眞心希望他的確不知道自己在做什麼。

如果遇見一個不快樂的孩子，也許給他一盒蠟筆比給他一本《聖經》要好。

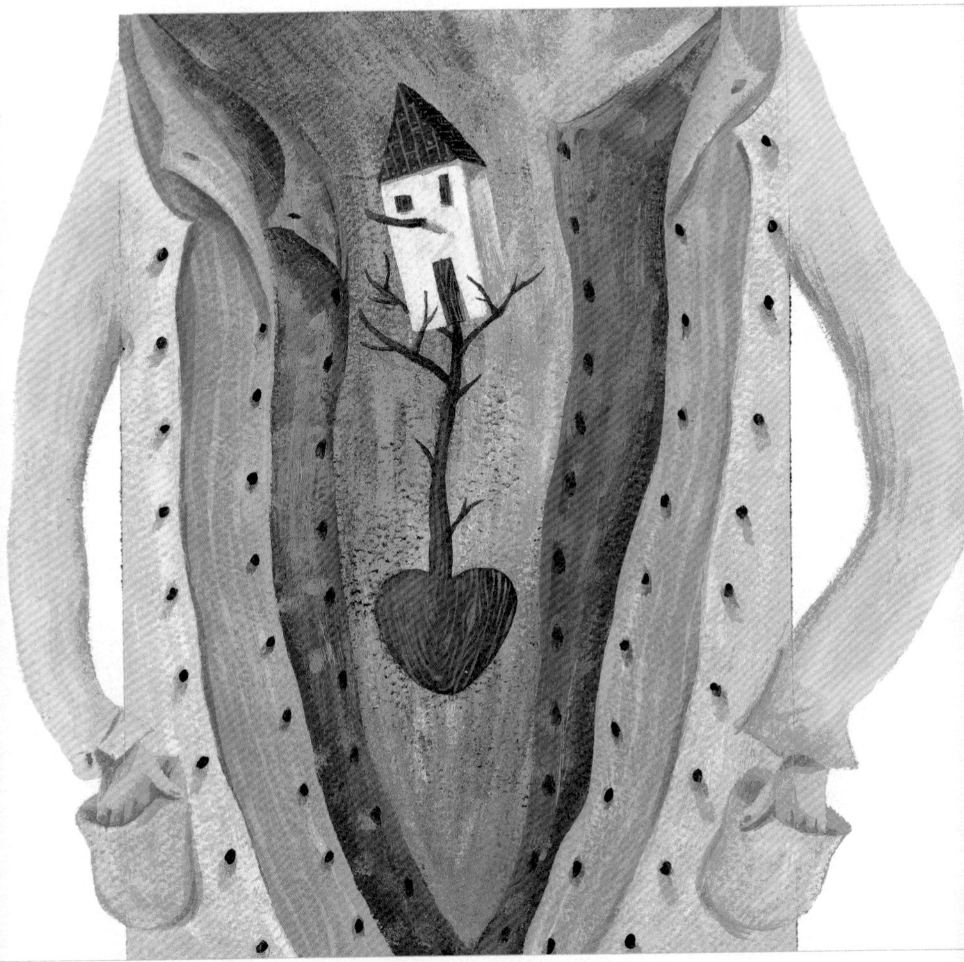

噴火的龍

安迪的太太去世滿十年的時候，他帶了些「骨董」到辦公室來分送給同事。他說：

「十年，我想可以告個段落了。我把家裡一些前妻的收藏品清理出來，讓喜歡的人領養。」

我因此「認領」了這只古怪的打火機。

美國人的「骨董」門檻很低，四十年舊東西就算古了。這打火機是銅製的，拿在手上，很沉，顏色古綠，像中國商周時代出土的青銅器。

我一眼就愛上了。安迪說：

「我就知道你會喜歡。這是條龍。」他不說我還看不出那是龍。只覺造型特別，非魚非狗。

「你看，握著尾巴，大拇指按著背上突出來的開關，這條龍就會口吐火焰，給香菸點火。」

說著，他一按，龍口正中央眞的噴出火來。我驚喜不已，安迪顯然也嚇了一跳，說：

「居然還work？好久好久以前到德國旅行買的。那時候抽菸很流行，打火機千奇百怪。我妻，她崇拜中國骨董。」

我把它翻過身來，腹底刻著：德國製。附著一個像狗的記號，想是商標。

八吋長三吋寬的龍，頭大如狗、眼大如牛，方方的腦袋上長了三個椎角，背脊起伏好像一排丘陵，尾巴卻絕對是魚尾。我想起中國有所謂「畫龍口訣」：

角似鹿，頭似馬。眼似蝦，項似蛇。
腹似蜃，鱗似魚。爪似鷹，掌似虎，耳似牛也。

一共「九似」，結果成了九種動物的「大雜碎」。看來這條德國龍，頗有異曲同工之妙。

後來問起同事才知道：安迪很愛旅行，十年前在墨西哥，他的太太食物中毒，送回美國沒多久就去世了。從此他就不大出遠門，也一直未再婚。最近聽說跟他同居的新女友要來個「大清倉」，才忍痛割愛。要他割的是物，其實想他捨的是情。如今，每當我拿起這個打火機，就想到兩個女人：

一個給愛人「收藏」到記憶中去，一個剛要開始。

打火機愈來愈無用武之地了，尤其有了用過即扔的那種，誰還會爲打火機的造型費心設計呢？說起收藏價值，也許噴火龍打火的用途比它的造型要高，但我愛的眞是它那土頭土腦的樣子：連中國龍放洋出國也會變得土氣，想來阿Q在世一定會這樣說。不過，最近在文藝復興巨匠拉斐爾名畫《聖喬治屠龍》看到他畫的龍，十分惡相，有翅有爪，很接近中國「規格」。好像從前交通不通，想像力卻可以靈犀互通。

美國電視台有個很受歡迎的節目《下鄉尋寶》，邀請博物館或拍賣場的專家，到鄉間小鎭幫忙鑑定人家的「家中珍藏」，看看可否成爲傳家之寶。看到那些人自以爲寶的，如果只是贋品，你跟他一起失望。有些人拾荒似撿來的破爛，卻眞是寶貨，你也會忍不住跟他一起雀躍三丈。最叫人生氣嘆息的是有人要古爲今用，拿古物來改造，結果黃金變塵土。

我漸漸看上癮來，有時候不免傻想：說不定我這打火機，也暗藏什麼玄機呢！

愛人不如愛物，它雖然重了點兒，做為「口袋怪獸」確實為難；但在我收集人生戰利品的大口袋裡，這不會說話卻會噴火的小龍，眞正是我的「神奇寶貝」Pokemon。

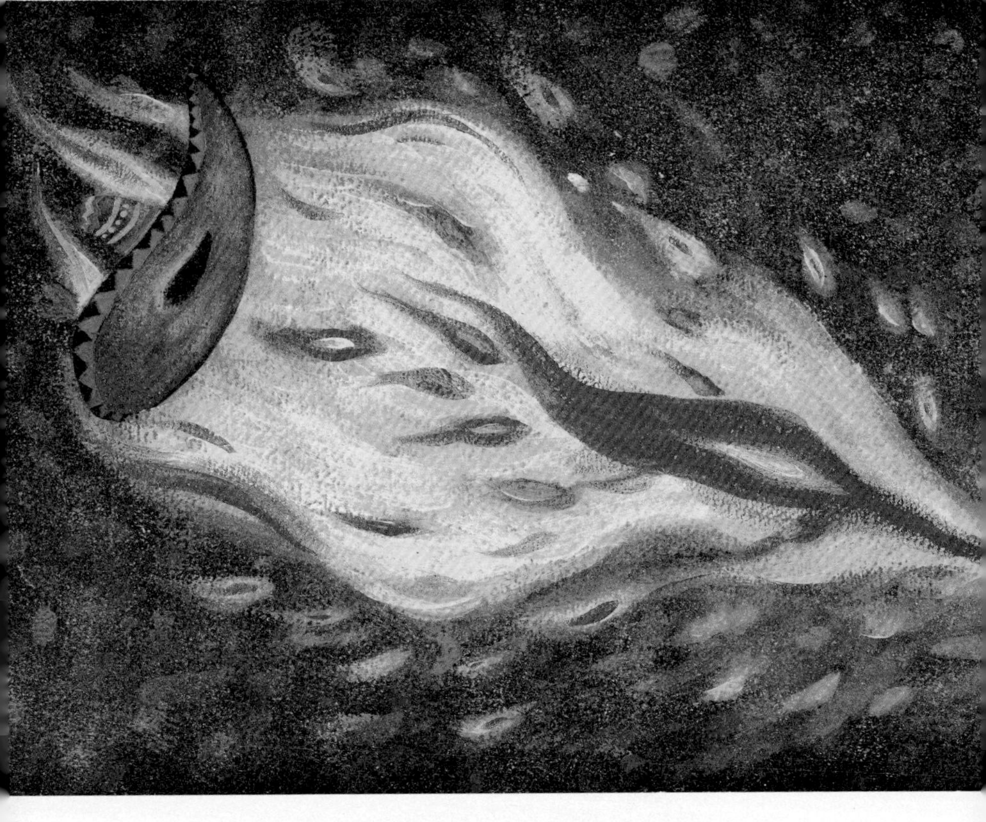

螃蟹奇談

站在跳蚤市場進口處等人的時候，我瞥見了那個小陶罐。

灰藍色的陶罐，做得不錯，樸素大方，像鄉下人醃漬的小罈子。形體渾圓，雖然有點像機器壓模的，可是盒蓋上一個圓形圖樣卻是手工刻的，原色，沒有上釉。

不上釉的陶，一向對我有種「致命的吸引力」。我忍不住拿起罐子來。細看，上面的圖案是這樣的：

長著六隻腳的人，高舉兩隻螃蟹鉗似的手。簡單的線條，像給《變形記》這一類小說做的插畫。圖上方刻了英文字CANCER，下方刻著楔形文（看起來像清眞館的招牌），罐底作者簽名也是看不懂的回文。我摸著那粗糙的圖案一面想：也許是阿拉伯移民帶過來的？

擺攤的老頭一看就知道有條笨魚上鉤：

「這個Cancer，可不是那個癌症的意思啊。這是拉丁文，希臘人稱螃蟹爲Cancer巨蟹星座。」

我這笨魚，一咬到有學問的餌更鬆不了口。覺得這陶罐忽然多了點貴族氣，正要問價，老頭自動說：

「每個人一看見那個英文字都不敢買。你要是買我攤子上其他東西，這罐子就送給你好了。」

這時候約會的朋友到了，我興奮指著那個變形人對她說：「我剛學到一個拉丁字。」

朋友明白我「當物不讓」的老毛病又犯了，二話不說，幫我巡視起老頭的「爛攤子」來。又找到一個沒打釉的灰泥罐和一個缺了蓋的盒子。

我指著灰泥罐問：「多少錢？」老頭說：「八塊。」我心中不樂，明明把說要送我的陶罐也算在這八塊錢裡了。

朋友不以爲然，用中文對我說：「三塊還差不多。」沒想到，老頭用中文回說：「三塊，OK。」

我跟朋友都愣住了。原來老頭學過中文呢。他說學了一年只聽懂簡單的中文數字而已。

爲了這麼一點點「鄉情」，我付了五塊錢。我說：「三塊爲灰罐，兩塊爲藍罐。中國人的習俗，壞運的東西不可以送人。比如刀子，可以做工具也可以當兇器，所以朋友送刀，非給他一塊錢意思意思不可。」

他說：眞有趣。

舊金山的中國觀光客多起來了，老外的騙術想來也會花樣翻新。我始終不肯定老頭說「癌是希臘文的螃蟹」是否也是一騙。

後來讀一本認識癌症的書，眞的提到癌與螃蟹的淵源：

希臘爲古代西方醫學起源地。古早時，乳癌便是白種女性常見疾病。乳癌末期，患者的乳房腫塊形如蟹殼，向周圍伸展的血管及贅生物，儼如蟹足，故患者的乳房外觀猶如殼螯俱全的蟹，因以拉丁文Cancer稱之。至今癌症研究所還常以困在燒瓶中的一隻蟹做爲標記。

老頭的確沒有唬人。

每次看到書架上這個寫著「癌」字的陶罐，就會想起那次驚喜。那時候，我還年輕，天不怕地不怕死亡反而怕我。如今到了談癌色變的年紀，把個癌罐子擺在那兒，有時候自己也不免心驚。只好仿效魯迅「精神戰勝法」：自我安慰那是付過錢的，破財以消災，這罐子就當是個平安符吧。

這樣一想，不覺海闊天空，好一個被我馴化的蟹人啊。

原始人的綠卡

去一位專賣非洲禮品的朋友家參觀。

牆上到處掛著非洲面具，有嵌銅的、有鑲珠的，大都木製。不過，笑面很少。非洲人的面具很寫實，嘴大唇厚，而且眼部挖空，就是有什麼笑意也很難看得出來。

我說：「到晚上，你們看著這滿牆的臉，不怕嗎？」

她說：「習慣了，好像沒看見似的。面具，其實算不了什麼。我愛打獵的朋友家裡，牆上還掛許多獵到的野豬野牛野什麼野什麼的動物腦袋呢。有的眼睛還會在夜裡發亮，那你更要叫恐怖了。」

果眞，一杯茶的工夫，我就習慣了那些非洲「假想敵」。他們在牆上，我在牆下，各安各位，使我享受了眞正的「異國情調」。

告辭的時候，我在小茶几上，看到一個陶土燒製的小面具。只有兩寸大小，玲瓏可愛。

忍不住問：「這是項鍊墜子嗎？」

她說：「這是passport mask，非洲各個部落，有不同的這種大小的面具，各有獨特之處。他們綁在腰帶上，當然也可以掛在手上、脖子上，出入自己的部落時，像護照，也像身分證。」

我好奇：「要是我掛一個這種面具當項鍊，你想這部落的人見了，會款待我嗎？」

她大笑：「要是錯走到跟他們有仇的部落裡，你的腦袋要搬家的。」

這是我新學到，有關面具的「致命的暗示」。

逛舊金山年度「文藝復興園遊會」(Renaissance Fair),看到一個專賣面具的攤子,好像每個面具是我活在不同世界的朋友。我戴上一個、買了六個回家,樂得像孩子。

雖然現代人把面具當成裝飾性的藝術品看待,但化裝舞會、節慶遊行之類,其實還是宗教祭祀與某種特殊禮儀的殘存。戴上奇形怪狀的「假面」,可以不必爲人潛意識的「野蠻性」負責似的。

我不知不覺收集了十幾種不同的面具,有鋼的、有紙的、有木頭的,還有陶瓷的,看著覺得恰如我的七情六慾。有時候拿起面具,可以從面具上隱約覺察製作人小心翼翼不敢放肆的幽默。非洲面具改變了畢卡索的藝術生命;我收集面具之後,也對眞實人生多了點「立體的幽默感」。

看過一個墨西哥的陶土面具,嘴巴有一塊陶板擋著,據說爲了防止靈魂逃逸。唉,我一向以爲眼睛才是靈魂的逃逸之窗啊。

寫《現代畫家》的羅斯金說：人類靈魂在這世上所能做的最偉大的事，就是能看。看得清楚，就是詩、預言和宗教的合而為一。

不知我的寫作有幾分是面具帶來的合而為一？

房子與盒子

舊金山的維多利亞式街屋，經常成爲觀光客攝影取鏡的對象。造型古典，色彩卻現代；線條繁複，但整體的構圖很幾何，在建築美學上獨樹一幟，人見人愛。據說主人要油漆房子，還得先經過市政府批准，免得維多利亞給「野獸派」顛覆了。

舊金山房子，買得起的人不多，但是取房子造型做來讓人買得起的可愛小玩意兒卻很多。我見過的就有房子花盆、房子燈飾、房子筆套橡皮擦、房子巧克力糖、房子運動衫、房子盒子……應有盡有。

「房子般的盒子」、「盒子般的房子」，像「雞與蛋誰先誰後」的辯證。有一次路過唐人街的小店，看見雜貨堆裡一排小房子，不自覺走了進去。可愛的是所有的屋頂都可以掀開，現出裡面紅絲絨的小盒子。盒子的面積那麼小，只容得下一只戒指的樣子。大房子裡，一只小戒指，名副其實的「金屋藏嬌」。因此，非買不可了。

先買的是一間「平民屋」，後來看到那間「教堂」做得更好，接著看上了「法院」、「咖啡屋」……一發不可收拾。正不知如何取捨，老闆說：

「這麼便宜，只有中國才做得出。」

我心一動，不再考慮，買了櫥窗裡的那一排，好像買下一個小人國。算了算，一共八個。

從前讀語言學家趙元任夫人楊步偉自傳，她說因為抗戰時逃難逃的，後來每看見喜歡的東西必不肯只買一個。失去

了安全感，總怕以後再要就沒了。這種「囤積」心態，人家受過戰爭之苦情有可原，而我，不得不常感慚愧。

每次掀開那些屋頂，我就想到「只有中國才做得出」那句話。這些手工紙糊的模型外頭要黏上麥稭，由稻草、染色、剪貼到修飾完成，全是手工。想起父親說他小時候家窮，替人糊火柴盒賺零用錢，小孩子都這樣，也不覺得苦。窮孩子的娛樂，就是工作。不像富人家的孩子，閒得無聊反而惹是生非。

也許「時間就是金錢」的觀念，是工業時代的產物。民間手工藝品，都是時間換來的，有時候卻便宜得叫人心疼。這些房子盒，想買一個，是起了貪念，我承認。但買八個的時候，眞的，只爲了想起父親小時候糊洋火盒我心底那點微疼。

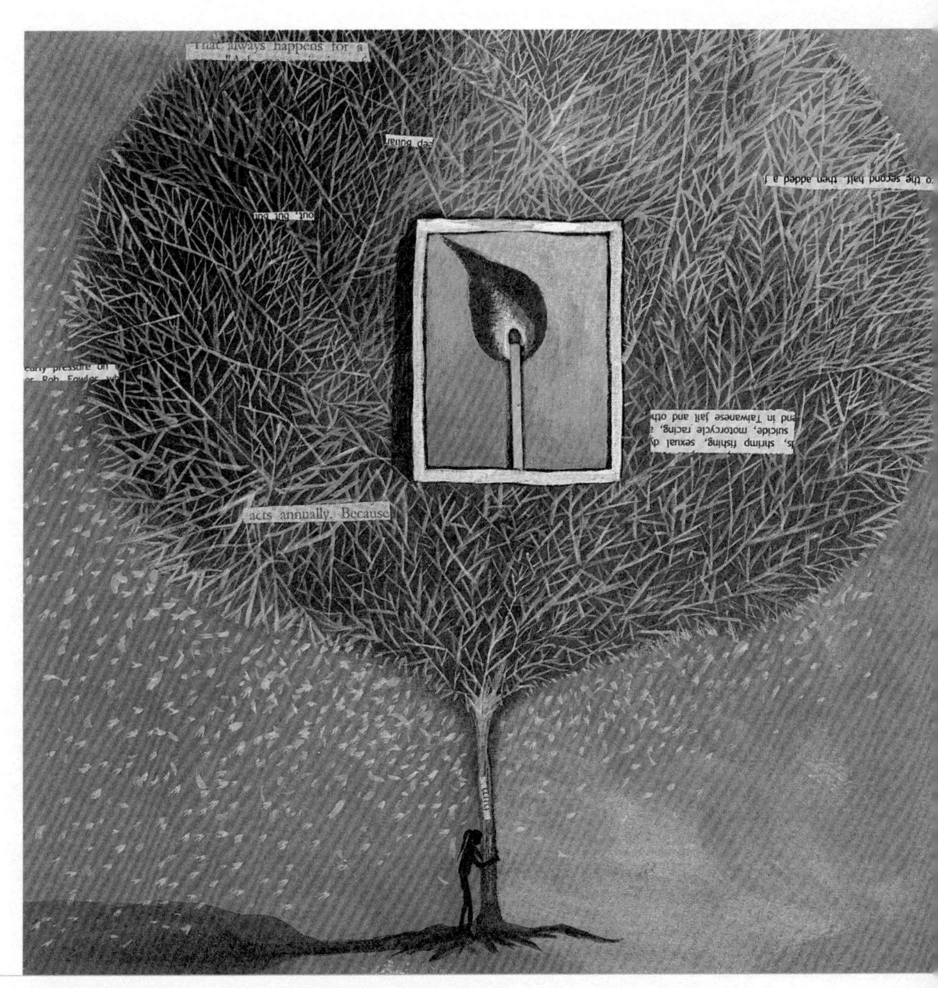

That always happens for a
acts annually. Because
shrimp fishing, sexual
suicide, motorcycle racing,
end in Taiwanese jail and

國王的禮物

Future · Adventure · Culture

謝謝您購買這本書！

如果您願意，請您詳細填寫本卡各欄，寄回大塊文化（免附回郵）即可不定期收到大塊NEWS的最新出版資訊及優惠專案。

姓名：＿＿＿＿＿＿ 身分證字號：＿＿＿＿＿＿ 性別：□男 □女

出生日期：＿＿＿年＿＿＿月＿＿＿日 聯絡電話：＿＿＿＿＿＿

住址：＿＿＿＿＿＿＿＿＿＿＿＿＿＿＿＿

E-mail：＿＿＿＿＿＿＿＿＿＿＿＿＿＿＿＿

學歷：1.□高中及高中以下 2.□專科與大學 3.□研究所以上

職業：1.□學生 2.□資訊業 3.□工 4.□商 5.□服務業 6.□軍警公教 7.□自由業及專業 8.□其他

您所購買的書名：＿＿＿＿＿＿＿＿＿＿＿＿＿＿＿＿

從何處得知本書：1.□書店 2.□網路 3.□大塊NEWS 4.□報紙廣告 5.□雜誌 6.□新聞報導 7.□他人推薦 8.□廣播節目 9.□其他

您以何種方式購書：1.逛書店購書 □連鎖書店 □一般書店 2.□網路購書 3.□郵局劃撥 4.□其他

您購買過我們那些系列的書：

1.□Touch系列 2.□Mark系列 3.□Smile系列 4.□Catch系列 5.□幾米系列 6.□from系列 8.□to系列 9.□喬鹿作品系列 10.□其他

閱讀嗜好：

1.□財經 2.□企管 3.□心理 4.□勵志 5.□社會人文 6.□自然科學 7.□傳記 8.□音樂藝術 9.□文學 10.□保健 11.□漫畫 12.□其他

對我們的建議：＿＿＿＿＿＿＿＿＿＿＿＿＿＿＿＿

＿＿＿＿＿＿＿＿＿＿＿＿＿＿＿＿＿＿＿＿＿＿

105

台北市南京東路四段25號11樓

大塊文化出版股份有限公司　收

地址：　市/縣　鄉/鎮/市/區　路/街　段　巷　弄　號　樓

姓名：

（請寫郵遞區號）

第二次世界大戰，全世界都因戰爭或多或少受到傷害，可是非洲正好相反。在此之前，非洲受殖民國家壓榨；大戰結束，獨立運動風起雲湧，非洲成爲國家最多的一洲。其實有些國家，至今看來也不過是部落意識的文明包裝而已。

我在大學念政治系的侄女兒，幾年前暑假到非洲去開眼界。

一回來，還沒等我們好奇探問，她就說：差一點回不來了。

我說：在那兒得了怪病嗎？還是遇上什麼追殺你的野獸？

她說：有位酋長向我求婚，把我嚇得半死。

眞的？假的？這是九〇年代欸。我瞪大了眼睛問。

她說：我先也以爲他說著玩的。後來，眞的送來一大群牛，說是聘禮，我才慌了。

我忍不住大笑：那你怎麼脫身的呢？

她說要回家得到父母同意，二十一歲以前不能自己作主。

酋長大惑不解：二十一歲的女人？不都老得不像話了？

我沒深究她去的是中非還是東非，那裡的國名說起來像唱歌：肯亞、索馬利亞、盧安達、馬拉威、莫三鼻給什麼的。倒是南非有個叫史瓦濟蘭的小國，我印象特深。剛搬來舊金山的時候，總領事正要調職去非洲，問他去哪兒？他說：史瓦濟蘭。我問：在哪兒？他說：不瞞你說，我也不知道。也許正因爲那些地名像音符，不寫下來，總覺得它還飄在空中。對我而言，非洲地圖就像樂譜一樣，有著謎語般的

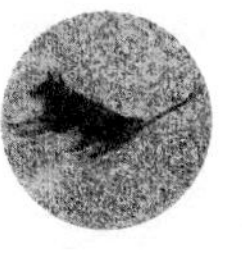

神祕感。

想當年，台灣經濟剛起飛，「非洲農耕隊」是多麼受景仰的組織，不僅在非洲，國際上也赫赫有名。農耕隊是聯合國出錢台灣派專業人才，到非洲協助土著開發。那時候，非洲各國非常看重這種協助，農耕隊到那兒都由國王親自接待。

我有個盒子，就是當年陳伯伯率隊去非洲時，國王送給他的禮物。

這個盒子，12×7×2（公分），堅實的木質，拿在手上沉重感可比青銅。裡面鋪大紅絲絨，盒子表面是非常精細的阿拉伯幾何圖案的馬賽克鑲嵌。這絕對是個超級貴重的贈品。因爲盒子上每一平方英寸差不多要鑲上三、四百片菱形花樣、黑色紅色和木質原色的長方小片。放大鏡底下一看，

每一個菱形都變成立體方塊，像萬花筒。

它全新的時候，我相信一定閃著珍珠的光彩，因爲白色部分全是珍珠貝做的。我最近還得到另一個全用珍珠貝做的馬賽克盒子，埃及製品，光色確實搶眼多了。可是再過五十年，我相信非洲的這一個會比埃及的那個耐看。「骨董」就是因爲「老」才受敬重，而「老」要能把光芒收斂在身價當中才有意義。

尤其馬賽克這種媒材，是藝術的皇后也是灰姑娘。別的藝術可能偉大，但絕不會比它精細。可惜往往被當工藝美術看待。雖然少說也有幾千年歷史，卻沒有一個藝術家因它留名。也可能是沒有藝術家受得了那種極度規矩的苛求，放棄了這種形式。

近代藝術家中，高第當是馬賽克的知己。他在西班牙巴塞隆納城裡用鮮豔的瓷磚和玻璃拼鑲的建築和長椅，死後還

有人繼續為他鑲著嵌著。用色彩和不規則的形狀玩魔術，高第終於拯救了馬賽克。

後現代主義氾濫，許多藝術家的生命與藝術的夢想都受毒品和暴起暴落的虛名扭曲，馬賽克這種全然的秩序與紀律，套用後現代修辭，是「理性的極簡主義」，反而使我備加敬重。它是一種絕對無法速成的藝術。好像製作者鑲嵌的雖是時間的碎片，卻從來不把死亡考慮在內。

我這個盒子，是陳伯母去世時的遺贈。不知生前這盒子她是裝什麼用的，盒裡的絲絨都磨破了一塊。也許在非洲的日子並沒有這盒子看起來那麼輝煌。

逝去的人和他留下的遺物，不再需要知己，盒子裡的啞謎跟埃及的沙塵也沒什麼兩樣。但每有人提起非洲，我總不

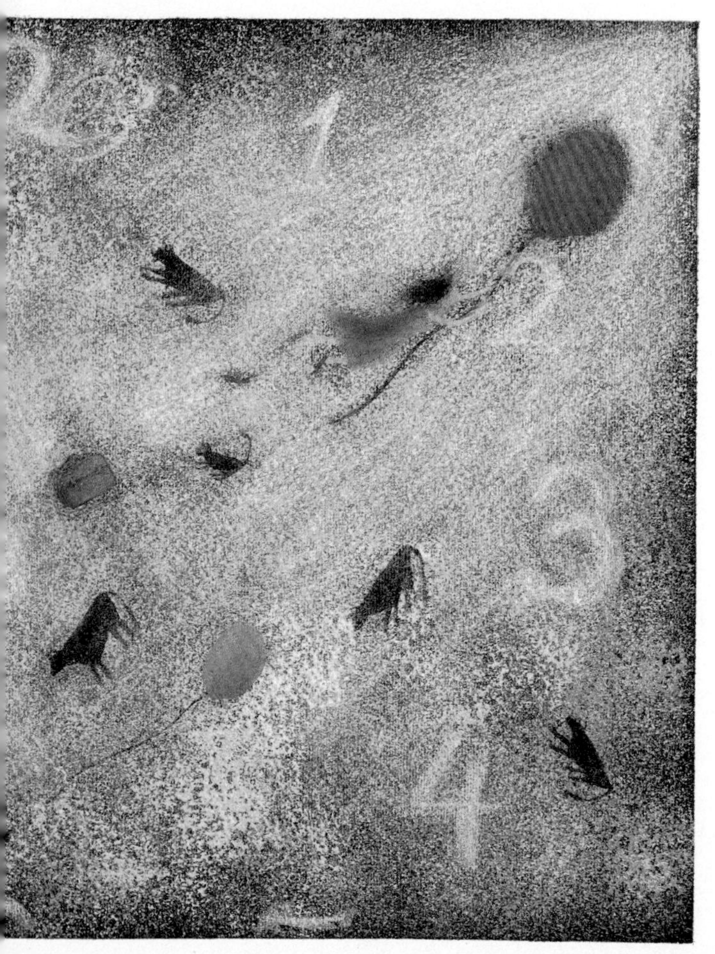

由自主想到我這個國王送的禮物。

金子變成沙

古器物圖解的書上看到：錢，原是一種鏟形農具，後來才演變成鏟形貨幣的名稱。以物換物的時代，用小鏟小刀做交換媒介，再自然不過。

全世界最功利的東西就是錢，錢到了極致往往又不像錢，比如：黃金。它變成藝術品變成首飾變成國庫裡的磚頭；它是財富，可是財富不是錢。錢要像水一樣來去自如才算。從一個口袋到另一個口袋，只當你想把它囤積起來的時候，它才會找你的麻煩。

在博物館看過一只裝金沙的長方小盒子，盒內分成兩個方格，蓋緣上站了十六隻小鳥。十七世紀葡萄牙人在西非迦納王國發現的。那時候非洲號稱「黃金海岸」，據說十五世紀起當地的Akan 族就拿金沙當錢用，稱量金子的技術自成一套，盒緣站立的小鳥就是中國人說的「戥子」。可惜沒見到他們用的秤，一定也很精緻。

我曾經看過東南亞一帶稱鴉片用的盒子，裡頭放著秤和幾個小銅猴，那時我才學到「戥子」這個名詞。那些小銅猴比鴉片可愛多了，不過我敢打賭：沒人會覺得金沙盒上的小鳥比盒裡的金沙可愛。如果黃金也有煩惱，它的煩惱就是人見人愛。

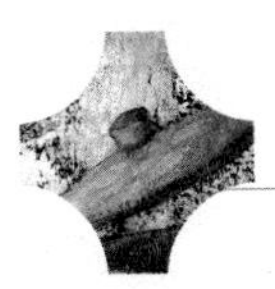

有一天我提早下班回家，一開房門，嚇得呆住了。屋裡滿地散落著衣物，所有櫃子箱子翻倒在地，連床墊子都掀翻過來。最不解的是廚房裡茶葉和麵粉罐子都被倒空，亂撒了一地。

後來聽警探說，美國主婦喜歡把鑽戒藏在麵粉罐裡，喜歡把重要文件貼在抽屜背面。我是作夢都不會想到把我的細軟藏在那兩個地方。把黃金首飾稱做「細軟」眞是絕妙好詞，偷起來是多麼輕鬆愉快。

有趣的是客廳地上還有許多打開的盒子散落，當時小偷想必以爲我收集的盒子裡一定藏有寶貝。開了幾個一看，原來是空的，就沒興趣再去碰它們。

其實我的盒子雖非細軟，卻不全是空的，有的盒子還比內容貴重。比如這個仿古金沙盒子，世上還有誰拿金沙當錢使用呢？它永遠不會再裝金沙了，可是在考古學者眼中，它

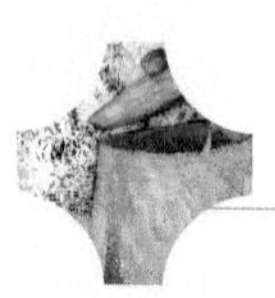

的價值早已超過了金沙。謝天謝地，我收集的盒子連小偷都看不上眼。

我想起來，有一年回台探親，朱美姊要我順便去看看她的朋友謝太太。謝太太開一家珠寶行，非常高雅的。一見面謝太太就說：「朱美從美國打來電話說要送你一件首飾，要我幫你挑選她付錢。」

受寵若驚之餘，我看了看透亮的玻璃櫃子，裡面的細軟著實可愛，可是更可愛的是珠寶當中居然有一個黑得「賊亮」的漆盒，盒蓋上還畫著幾朵小小紅花。

我即刻做了決定：「我可以要這個小盒嗎？」謝太太愣住了，隨後笑說：「這只是放著做裝飾用的。你喜歡當然可以送你。」我就收了那個黑漆盒子。每次看見，都覺得裡面裝滿了朱美的情誼和謝太太滿室的珠寶。

我最不能想像的一種黃金用途是「吞金自殺」。《紅樓夢》裡的尤二姐不堪王熙鳳和丫頭升成妾的秋桐精神虐待，選擇了這樣子的死法。理由是吞金比上吊或自刎來得乾淨。死都要死了，還圖個乾淨，難怪她沒法子生存在賈府那個一步一步走向黑暗的世界。

吞金死得了嗎？尤氏聽人說過：吞金可以「墜死」。想來這「墜死」是把胃腸墜得穿孔內出血而亡的意思吧？那金子的分量肯定要夠重才行。原來也有人是懷「金」不遇，比懷才不遇好不了多少。

整個紅樓家族由盛而衰，不過就是一部金子變成沙的故事。對於吞金者，金子算是值錢還是不值錢的東西呢？

舊金山淘金史上記載：當時淘金者缺的不是金沙而是沒

有乾淨的水喝。有人就用一口水一百元的代價，把淘到的金子全換成水喝掉了。

達爾文說過：生命的意義在於用那些留存下來的和恰好還在的東西做點什麼。一個金沙盒子古物在博物館中宣告著黑暗大陸也有過黃金時代。吞金者的金子呢？它跟一個花樣年華同歸於盡了。既然「點石成金」不見得是美夢，我們只好靠別的本事以物換物。

老子說：金玉滿堂，莫之能守。我忽然覺得，在謝太太珠寶店裡我的決定，眞是天大的聰明。

魔術師的百寶袋

看到一則漫畫：有個女士在百貨店買衣服，比來比去總覺得不對勁。店員忍不住了，對她說：

「小姐，我看你只要把身上的皮包換個流行的款式，衣服也就跟著順眼啦。」

流行時尚中，我最少留心皮包的式樣。看了漫畫才知道原來皮包這麼重要。難怪男人的時裝變化不多：他們不用皮包。

我本來想把那漫畫剪寄給死黨簡宛的。

每個女人對流行飾物好像都有一樣無法抗拒的最愛。我看起耳環來就走不了，雖然不見得要買，耳朵只長了一對嘛；可是迷戀那小巧手藝像在博物館中做功課一樣。簡宛則是見了皮包像見了親密愛人一般。

有一次她給我寄來一個紙做的「皮包」（不是皮做的也得叫皮包？）。包包有兩層，裡面是草編的，外層是棉紙做的，上有摺蓋，用兩個小扣絆扣著，左耳另有一個草編的扣環。

材料雖簡，卻非常特別。棉紙上畫的圖案很像印尼的batik（黑棕兩色的蠟染布），包包四周用黑布鑲過，手工很巧。完全沒有實用價值，純粹是手工藝，我一見就喜歡。

考古書上看過新疆古墓裡有一個羊皮做的長方形口袋，連著一條皮帶，可以繫在腰上，戰國時代遺物。想來是最早的皮包，男人用來裝印章和錢。漢代畫像石上也看到方形的小皮包，掛在人腰左側。

南北朝開始，皮包就不一定是皮做的了，一旦用絲織品代替，自然變成女人專有的藝術。「繡一個荷包袋」還唱進民歌裡去。

清代據說有一種葫蘆荷包，圓形，上小下寬中有收腰，

形似葫蘆。原是給男人裝菸草用的，後來因爲造型可愛，人人喜歡佩帶一個。所以有詩人寫道：

爲盛菸葉淡巴菰，做得荷包各式殊；
未識何人傳妙製，家家依樣畫葫蘆。

我也有一個細竹編的菸草包，是兩個小包套成，想來一層裝菸葉，另一層裝紙或者火柴。編竹很細很費手工，還要兩層套得剛好，蓋子大小也得合適，眞不容易。

我買回來只是感激這種快要失傳的手藝，打開來左看右看，發現塞在包裡的一張破報紙更加有趣。瑞士發行的德文報紙，日期是一九八七年十二月十日，像偵探小說裡的道具似的。菸草包現在裝不裝菸草我都無所謂了，那張破報紙上零碎的看不懂的消息，對我而言更多些神祕感。看來這個菸草包，行過萬里路流浪得夠久了。

男人眞容易滿足，衣服上有了口袋，就不用皮包了。我們女人卻是皮包愈做愈大。皮包的分工也愈來愈細，白天有白天用的、旅行有旅行用的，晚宴時還另有搭配珠光寶氣禮服用的。每個人打開皮包，又是錢包又是化妝包，包中有包，簡直像個魔術師的百寶袋。

也許女人的衣服應當多做些口袋，或者女人應當學著放棄一點細瑣之物，才不至於爲了它們要不停調換皮包。看環保藝品展，見到一個用回收車胎做的皮包，黑軟漂亮，可惜有橡膠味。哪一天橡膠也能像香水一樣好聞，那皮包倒不失爲一只異軍突起的時髦品。

sense — Taiwa
the chan
okesman R
other.
age

貝殼要說話

每次大女兒到荒山野嶺採集化石回來，總會帶一兩塊很特別的寶貝送我。這回，她說要給我的是兩個「魔鬼的腳趾甲」。

從塞滿石頭的背包裡，她左掏右掏，掏出一個紙包，說：「你先猜猜看，這『魔鬼的腳趾甲』是什麼?」

我看紙包也不大，就亂說一氣：「暴龍的趾甲?翼龍的膽結石?一種史前植物的種子?……印第安巫師用的長生不老藥?」

她一面笑一面打開紙包，原來是兩個Oyster（蠔、牡蠣）的化石。

化石外形很特別，一般蠔殼像有凹度的扇形碟子，這個化石卻像小而深的三角形湯碗，外緣一層層往上彎，眞像腳趾甲。偏又不是扁的，而是厚厚實實。叫它「腳趾甲」再傳神不過；叫它「魔鬼的腳趾甲」簡直妙極。誰說科學家沒有文學想像力？連魔鬼的腳趾甲是什麼樣子，也還是學科學的人想出來的。

平日看到的蠔附著在淺海岩石上生長，這種蠔卻生長在軟泥裡，爲了抵抗陷落，得拚命把外殼朝上長，變得像個盒子似的。研究化石的人，很喜歡拿它做Adaptation（適者生存）的解說。

有的蠔是人養來給餐館裡吃食用的，有的蠔是人養來「種」珍珠用的。只有我手上這兩塊在泥中「憂患」過的化石，像不愛提當年勇的硬漢，結結實實要與天地同老。女兒說：

「它跟侏羅紀電影裡那些恐龍差不多年紀。」

我說：「那是多少歲？」

她說：「一億到六千萬年之間，都有可能。」

我大女兒，小時候問她買棟房子要多少錢，她會說：「二百塊，夠了不夠？」如今，說起化石，是以百萬做單位。時間和金錢，在她腦袋裡，好似風馬牛一般。聽她談天說地，最是過癮，只聽她幾億幾千萬的「空頭支票」亂開。然而，隨它尾巴上跟了多少個「零」，我搜盡枯腸只能找出兩個字相應——「太古」。

很尊敬地，把那「太古」的「魔鬼的腳趾甲」放到我的書架上去。回過頭來，我對女兒說：

「眞的，這種石頭，其實才應該叫做——寶石。」

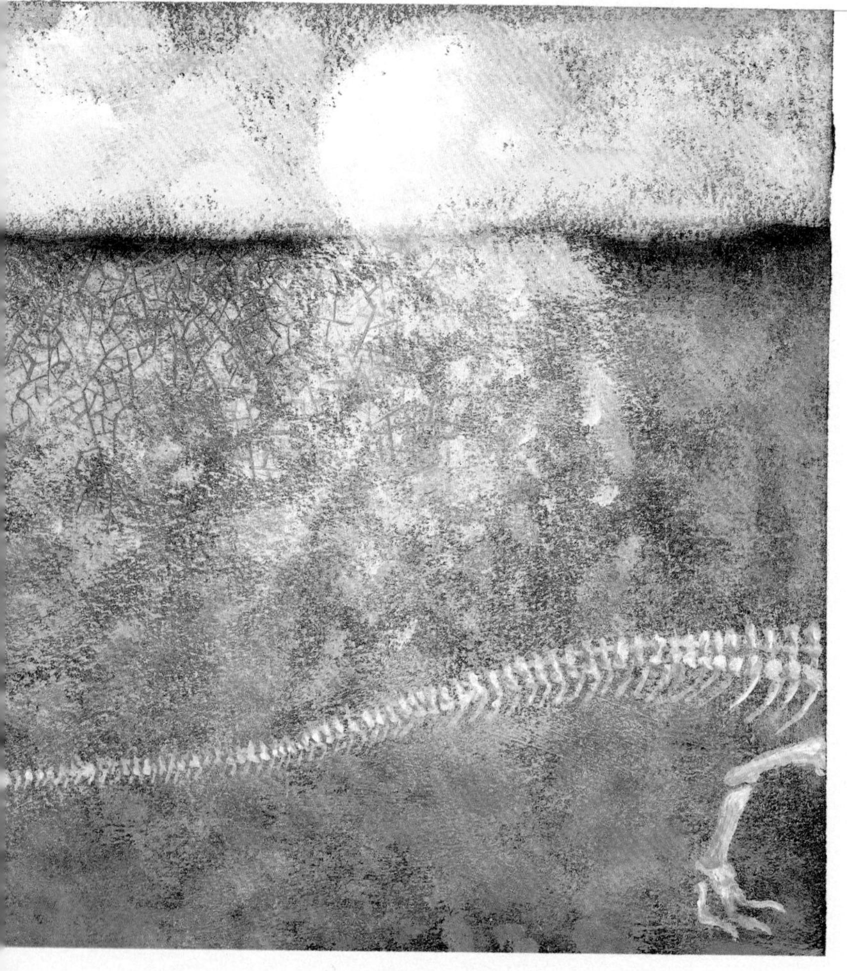

牙仙盒

直到搬家，我才發現一個人收集的破銅爛鐵跟他濫情的程度成正比。不過，也有被冤枉的時候。我收集的上百個盒子當中，有的就不是我的。

最近才有時間打開搬家一年後還沒空整理的紙箱，看到一個樹幹模樣的小盒子，非常陌生，上頭寫著：牙仙盒（Tooth Fairy Box）。我打開一看，嚇了一跳，裡面真有一顆牙齒。想來是小女兒的。

牙齒半黑半白，顯然是蛀牙，像巫師用的道具，很叫人

噁心。我趕緊把爛牙扔進了垃圾桶。

牙齒大概是地球上數量最多的化石了。很多脊椎動物還是依照牙齒分類呢。我想到很多部落酋長喜歡戴動物牙齒做成的項鍊，卻很少聽說有人收集人齒做項鍊，不知是不是人齒實在不怎麼好看的緣故？

忽然，我想起小時候，有次我掉了一顆牙，母親說：「上面掉的牙往床底下扔，下面掉的牙就往屋頂上扔，這樣你的新牙會快一點長出來。」

我趕快跑到屋外，把牙朝屋頂上用力扔去。當時有沒有流血？痛不痛？完全不記得了，只記得我有顆牙在屋頂。

記憶如何篩選我們生命中的經驗，留住還是略過，我不得而知。但是，母親的話，我照著做了，卻忘了問爲什麼。

如今想想，眞有意思：母親把乳牙當植物看待，下面一排牙往屋頂上的陽光裡掙出，上面一排卻朝重力的方向（上中）生根？

到美國來，女兒要換乳齒的時候，鄰居老太太卻告訴她：

「等牙掉下來，牙仙（Tooth Fairy）會給你送錢來。她會等你睡著，偷偷把錢放在你枕頭下面呢。」

那時我才知道這世上最大的慈善家除了聖誕老人，還有一個讓你不怕牙痛的仙女。

洋老太太的話，我也照做了許多次。不只入境隨俗，而是孩子在學校裡的面子問題。

美國幼稚園有堂叫Show and Tell的課，每星期總有一次要孩子們帶點自己的寶貝去學校介紹給同學，好練習說與人分享的故事。那時候我最怕她們與眾不同。有一次女兒告訴我，有同學帶了他掉下的牙和枕頭底下找到的錢，在班上跟

大家討論有沒有牙仙的事。我問女兒：

「你怎麼說？」

女兒說：「牙仙就是媽媽嘛，他們好笨。」

我把玩著小小的牙仙盒子，想到那裡面的一點點小巫術，不禁啞然失笑。屋頂上的牙、仙女的小紅包，爲童年分散掉多少痛苦多少恐懼啊。雖是哄哄孩子的小玩意兒，包含的卻是多麼綿長的母愛。

哪一天女兒回頭來找她這個小盒子的時候，希望她記得的只是枕頭下的一塊錢，還有她快樂的童年。至於那顆爛牙，只有等她自己女兒六歲的時候，再補還給她了。

小提琴的故事

希臘來的那個小提琴手，一上場我就知道他會贏。

他的長髮又鬈又多，散滿一臉，黑禮服好像扣不住他酒桶形的身材。小提琴在他手上，又像玩具又像樂器，叫人以爲是個扮成巴哈的喜劇演員上來了。可是，他一開始演奏，立刻進入情況，陶醉的樣子使聽眾也入迷。

他的頭髮，拉奏間漸漸覆蓋了整個面孔，他不必看譜，也不想看人。他不像來參加國際比賽，眞的就像巴哈再世，或者巴哈的小提琴協奏曲就是爲他創作的。

果然他拿了首獎。我朋友的孩子海蒂也不錯，得了第二。

這是今年柏克萊巴哈音樂節國際小提琴比賽的小插曲。

音樂於我如浮雲，來去無心。朋友的孩子來比賽，住在我家，因而讓我邂逅了巴洛克協奏曲中不可多得的巴哈作品。那兩首小提琴獨奏的協奏曲A小調和E大調，溫柔清婉，眞的好聽。

賽完隔天，我問海蒂：

「你得的獎金打算怎麼用呢？」

她說：「得了兩千美金，已經買了一把弓，用去一千四百多元了。」

我說：「難怪音樂家都富不起來。弓也貴琴也貴，你們也眞捨得。」

她笑了，搬出她帶來比賽用的樂器給我看：琴是六千五美金買的，四把弓，平均每把要兩千元。她說，家裡還有三把提琴，哥哥是學大提琴的。那些樂器的保險費比她父母房子的還貴。

她把四把弓併排秀給我看，眞的可愛，每把都像精緻的手工藝品。那一根根的馬尾、那細而不弱的木質、那彎曲的弧度、那一遍遍打磨得發亮的漆彩，還有金屬接著點上各自不同俏皮的風格，眞是好看。我從來沒有這樣愛撫過一把弓。拿起來，弓在弦上，那姿勢，就是沒有音樂的慾望，也可以有音樂家的高貴來入夢。

有時候揮霍也許有其必要，年輕時沒有經歷，老了未必得到補償。少買一把弓，成不了百萬富翁。多買一把琴，也未必就成音樂家。但取捨之際，紅色小提琴與藍色的音樂，即刻帶給我們剎那的高貴，那樂趣與感動並非年輕的專利，

還好。

我身邊也有三把小提琴。兩把袖珍的，一把是女兒小時候學琴用的。

袖珍一號，從一家Hobby店裡買得。很粗糙簡單，原是給人當手工材料消磨時間塗塗油彩用的。我杞人憂天，擔心它遇人不淑，反倒摧毀了原有的簡樸，就「領養」了一把回家。好幾次也想漆成Dufy畫中那個樣子，但都忍住了。有什麼是比純樸更有靈氣的色彩呢？

袖珍二號，仿莫札特時代的精美手工製品，盒內附有保證書。是女兒大學畢業那一年，跟同學遠征美國東岸，在波士頓美術館買給我的紀念品。（她還寄了張明信片說：那美術館收集全世界的樂器多達一千兩百五十種，最老的是一把十三世紀的中國古琴。）紀念她第一次單獨出遊，還是爲旅遊在外第一次想起她遠方的母親而有所紀念？每次打開琴盒，女兒的心意也像潘朵拉一樣翩然而至。她省吃儉用的自助旅行中，這把小提琴該是多麼奢侈啊！

唯一實用的這一把，是從小女兒音樂老師那兒買來的。盒內有創作者簽名和專利局的編號。原來每把琴，像每張畫每本書，都有個原創者。這一把是瑞典人Elgard Ungh的專利。琴身傷痕累累，雖是二十年前的往事，女兒的眼淚、我的挫折，依然清晰。

兩個女兒本來都是學鋼琴，比姊姊小三歲的妹妹卻比姊姊要強，每天坐在鋼琴前面一面掉淚一面練。

我跟她說：「學音樂是快樂的事才對，這樣痛苦幹麼？別彈了吧。」

她回答得才妙：「可是姊姊會，我爲什麼不會？」

索性改讓女兒一個學鋼琴，一個學小提琴。原以爲她們長大了，我們家就有交響樂聽啦。可惜，聰明人學什麼都快，卻也什麼都不精。也許是我的榜樣就沒做好。好在我一向覺得：家花哪有野花香，家中的音樂哪有唱片裡的好聽啊！

八哥沐浴圖

因爲喜歡收集盒子跟原子筆，偶然有機會上「跳蚤市場」，總是朝這兩個方向尋寶。

有一次，正要付錢買一個長方形木匣——匣子裡有一部製作極巧的日本皇家用的古代轎車，拉開車頂卻成盒子。忽然瞥見旁邊亂七八糟堆放的鏡框裡，露出幾個中國字來。

我一邊數錢，一邊無意識在心底認著這幾個中國字：

任伯年

「任伯年？怎麼可能？」我一驚，放下手上的盒子，把那個鏡框「挖」了出來。

是一幅水墨，兩隻戲水烏鴉，題字：任伯年寫生。

我立刻興奮得不得了，對外子說：

「這麼破爛的跳蚤市場，居然有這樣偉大的畫家作品。我要買，你幫我講價，好不好？」

「你那副樣子，人家早看準你非買不可。我還有什麼價好講？」外子說。

我於是硬著頭皮，自己開口：

「這畫，多少錢？」

看來像「過氣嬉皮」的老女人，反倒急著問我：

「這日本盒子，你還要嗎？」

「要的，連這畫一起算好了。」我心虛地說。因爲我完全不懂「骨董」的價格。任伯年既是清末作古了的畫家，他的作品怎樣算貴、怎樣算不貴，我眞的不知道。

「這畫嘛，二十五塊錢賣給你好了。你知道，光鏡框也要值這麼多錢的。」

我連連稱是，趕緊付錢。外子在一旁直搖腦袋：

「水印的東西還當寶貝。畫上連日期都沒題，你確知是任

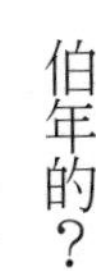

伯年的？」

「管他的，買了再說。就衝著任伯年這三個字，我也得買。怎麼能把他留在這跳蚤堆裡？」

付完錢，我忍不住問賣舊貨的婦人：

「您怎麼會有這許多東方的東西呢？」

她說：「我的前任丈夫，曾在日本住過很多年。最近他心臟病發，死了。留給我這些junk……」

回到家，我用溼布擦了擦，把畫掛在樓梯口。眞的，連作畫的日期都沒有，奇怪。可是，這筆法「熟極而流」的樣子、這兩隻鳥之傳神，一定是出自頗有功力的畫家之手，這是毫無疑問的，我想。

外子問：

「任伯年這名字是很熟，他究竟怎麼個偉大法？」

我得意地笑了起來：

「老實說，我才剛讀過一本寫他的書。一看到這個名字，嚇一大跳。好像科幻小說，前幾天書上讀到的古人，今天忽然眞要跟我見面做個朋友似的。」我接著又說：

「徐悲鴻說他是近代畫家中的李白，才氣過人。我只記得他的人物畫非常好。我們這兩隻鳥……你說得對，連日期都沒注上，眞有點奇怪。反正沒事，到圖書館找本他的畫冊來研究研究，如何？」

終於，在柏克萊公共圖書館的中文書裡翻到一本《任伯年畫集》。翻啊翻的，最後一頁——眞的是最後的一頁，有一篇李靈伽的文章：〈任伯年及其作品〈八哥沐浴圖〉〉。

有一段這麼寫：

這張〈八哥沐浴圖〉，作者雖沒有署明年月，但可以判是光緒辛巳（一八八一）年相近時間的作品，這時任氏已擺脱了勾勒填色技法，由沒骨而獨出機杼，所謂出新意於法度，由繁入簡、由形入神、由理入趣、由靜而動的地步。

又寫道：

首畫一隻八哥在畫幅當中，這是他常用的破題構圖手法，用水墨畫出胸、尾、喙之後，剩下的燥筆迅速而簡單地拂出頭背兩部蓬鬆的羽毛……另一隻八哥只畫半身，鼓翼載浮水上，筆意更簡，前濃後淡……畫水用仰弧形，快迅飆鋒，明快簡潔，可謂變形攝意超凡入化之筆。

他說任伯年後來一再重畫，可見他自己也滿喜歡這畫。可是，後來的都沒這張好，尤其額冠那撮誇張的羽毛再也沒有這樣生動。「畫家在剎那間由心智與靈感碰擊出來的閃光，不會有同樣的火星重現。」

是的，作畫的靈光不能重現，作品卻可以靠翻印一再和後人撞出火花。像我這樣的知音，千百年前、千百年後，一定有的。會有的。我忽然眞正明白了「偉大」與「不朽」的含意。

藝術萬歲，一點也不需要口號。

白玉麒麟

羊脂我沒有見過，可是羊脂玉卻耳熟能詳。古玉裡頭還有雞骨白，是不透明的白。

我有一塊玉麒麟，項鍊墜子大小，白得油潤可愛。想當然是羊脂而非雞骨，朋友送我的時候，說是和闐白玉。

去年我跟思靈去舊金山亞洲藝術館看玉展，思靈是玉的發燒友，我卻不是。看了半天，我只愛上一塊最不像玉的「玉磬」，顏色像豬肝、形狀像扇子，刻有乾隆皇帝的題詩。從詩的內容看，那塊玉敲打起來，會像音樂一樣美。

其實所有的玉，敲打起來我想都清脆好聽，只是我們捨不得敲打。玉雖有一把硬骨頭，我們卻用溫潤形容，好像在藏嬌。玉碎，又帶著慷慨就義的味道。彷彿既有外在美，又有內在美，難怪乾隆要愛得爲它寫詩。

說實話，我站在玉磬前發呆良久，並非想推敲那玉磬會有怎樣的聲音，而是忽然想起芬蘭有位大音樂家說：A大調是青色的、C大調是紅色的、F大調是綠色的、D大調是黃色的。轉念一想：白玉墨玉是鋼琴、黃玉青玉像提琴，這一屋子玉石像交響樂團，等著誰來指揮罷了。

爲了這點想入非非，玉展看完，回家的路上，我心中充滿音樂般寫詩的衝動。

詩，實在是靈感的神來之筆。玉，恰好相反，千琢萬磨困難得都變成了成語（有沒有不琢而成器的？我很想知道）。

石之美者爲玉，石之不美者，是什麼呢？

我想答案或許是：化石。

不信，請來我家看看：不美之石隨處都是，那是大女兒念化石學留下的「歷史足跡」。

她得博士學位那一天，我在北京趕不回來參加典禮，心

中慚愧，請朋友帶我去古玩商場，想給她買件禮物。

我一心尋找的是化石，那裡賣的多半是美得叫人不敢透氣的玉。終於有位老闆搬出一塊珊瑚礁一樣的石頭給我看，他說：

「你看看是不是化石？我不是要賣給你，只是我也好奇想知道這是否眞値錢？」

他還居然反問我？有這樣做生意的嗎？我心中疑惑，可是也許老舍小說看多了，總以爲北京人就算做買賣的似乎也可以理直氣壯地不按牌理出牌。

他說那塊化石是在鬼市（舊貨古玩集市）看到一位老教授把玩了半天，又跟賣主你來我往殺了半天價，引起他注意。老教授對賣主說：「我回去取錢，您可千萬替我留著。我去去就回。」

跟我們聊起天的老闆說：「我趁老教授一走，二價沒還，立刻就買下。您看看，假不了。」

那天我們去得晚，不久商場就打烊。我們匆匆忙忙出了門，卻看見跟我們聊了半天的老闆出來，上了門外候著的豪華朋馳。看司機替他開關車門的模樣，朋友說：「嗨，我們碰到大款啦！」

那是我第一次聽到「大款」（富翁）這個稱呼。

第二天，來不及追究那個化石的故事是眞是假、那位「大款」是傳奇人物還是高級騙徒，我就上了飛機。臨行，朋友塞給我一樣禮物：

「沒帶你買到化石，就帶這塊玉回去玩玩吧。」

如今，每當我把玩這塊白玉麒麟，就想起北京古玩店裡那位「大款」，和他那塊鬼故事般的化石。

化石雖古，但不好玩。古玩好玩，原來其中有人情有故事的奇遇，還有我最難忘的朋友的心意。

威尼斯的面具盒子

那時候，在威尼斯，下著微雨。冬日的寒意，盡在雨中。

導遊小姐分發了傘，五顏六色的，一排走過小橋。上面是水，下面也是水，威尼斯留給我的印象，全部變成漂浮的。

浪漫的貢多拉小舟泊在水邊人家的牆腳下，蚱蜢空舟，淋著觀光淡季的輕愁。歌聲不聞，只剩下一點點顏色——義大利國旗的顏色。

細雨溼流光，雨中的色彩，哪靠得住？在威尼斯，鉛華是洗不盡的，它們早已溶入水裡。水面漂浮著破碎的風華。

半圓形石砌的拱橋兩側，還有嘆息的聲音嗎？一家又一家商店裡，除了皮貨與玻璃品招徠觀光客，幾乎每家出售面具——紙做的、皮製的、石膏打模的，胸針、盒子、牆上裝飾品等等，不一而足。

滿掛著面具的牆，叫人想起墓地墳場，卻又帶點兒戲劇性的喜氣與嘲諷意味。我忍不住問：

「爲什麼你們這兒面具變成觀光禮品呢？是因爲歌劇的影響嗎？」

答曰：

「古時候我們這裡的議會開會，議員們都是戴面具出席。」

我又問：

「爲什麼呢？難道要告密整人又怕事後遭暗殺，只好發明面具來躲？還是純爲愛好藝術？」

他們笑而不答，弄得我益發爲面具著迷。

義大利人愛歌劇、愛面具，以至於把現實人生給斷送了也說不定。你看，街上那些時時想向觀光客下手巧取豪奪的小偷扒手，不正戴著面具「上班」嗎？

我終於還是買了一個面具盒子。盒蓋是張面具，很美的女臉。眼睛是兩個長圓形的空洞，好像沒有靈魂。打開來是乾淨的白……可惜，它並不意味著不會受傷，一失手，面具也是會碎的。

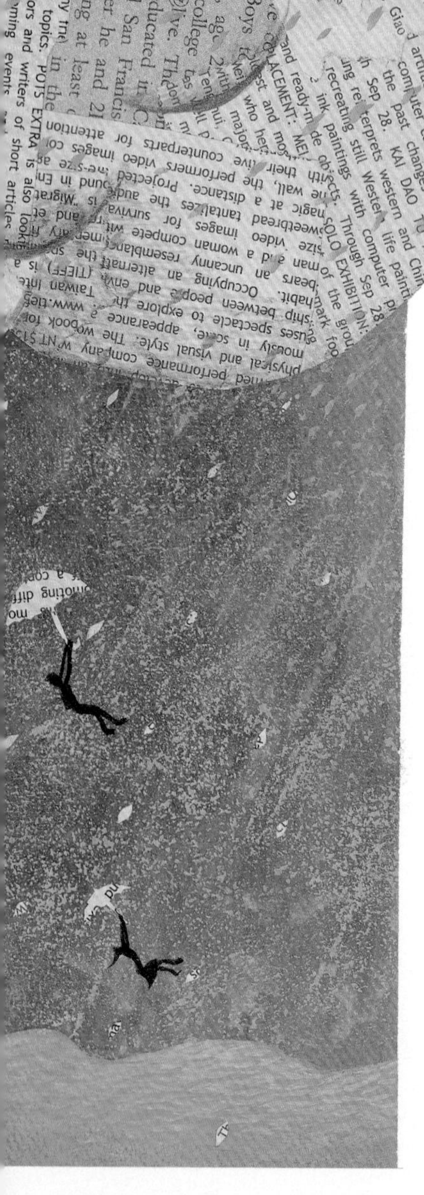

那一次歐洲旅行，使我對義大利人另眼相看，他們的靈魂像面具上的兩個眼洞，用古典來塡補？用打碎來重塑？他們捨不得的面具，變成身外的累贅。

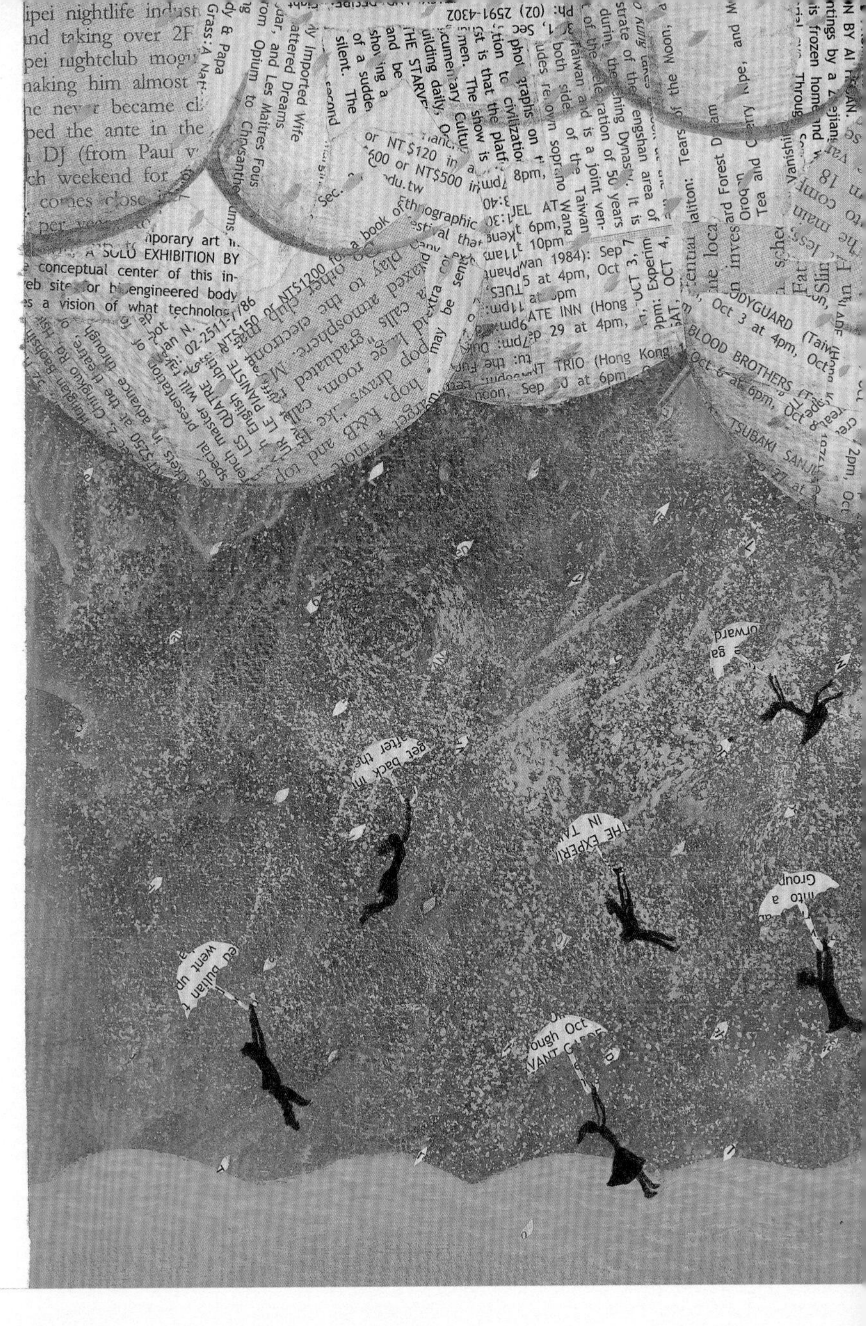

巴黎

別小看了這一朵枯花，「像垃圾桶裡撿來的。」女兒說。可不是？已經丟了好幾次又都撿了回來。

物的本身就是一種存在，並不需要有個主人才具有意義。反而是人要標記上所有權的記號，才能想像自己的存在。

讀約翰．柏格（John Berger）的書《影像的閱讀》（About Looking），讀到這幾句話。我，雖然不需要想像自己的存在，看看那朵枯萎的花，的確依然能想起前年聖誕在巴黎的情景。但花上所有權的記號，卻不由我標記，而是馬丁。

一朵枯萎的花比一片枯萎的葉子難看得多，失去水分的黃玫瑰尤其色衰得厲害。當初馬丁交到我們手上卻是鮮豔欲滴。難道，鮮豔不是記號所以無法久存？

馬丁是那趟歐旅團中的「少數民族」。那一團全是華人，三代同「團」；成員以家庭為單位，於是來了兩位洋女婿：馬丁和Greg。Greg是導遊李漪的先生，中文講得挺好，被中國太太同化得差不多了。但馬丁還很「生番」，我們起先並不知道，他胖胖的看來也滿隨和。幾天後，他終於忍不住抗議：「你們可不可以也說一點點英文呀！」

全車的人都笑了。後來大夥兒混熟了，才知道馬丁非但幽默，旅行還帶著麻將；有時候晚上在旅館閒得慌，他還陪幾位老人家打麻將呢。

歐旅之遊，最後一天在巴黎。馬丁又說話了：「每天吃你們的中國飯，現在是在巴黎，今晚總該來一頓法國大餐吧？」

其實那也是大家的心願。但我們未及「苟同」，馬丁心虛地加上一句：「我請客好了。」

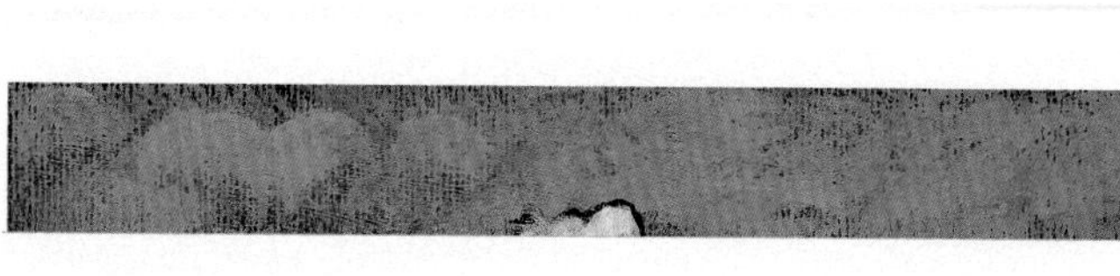

美國人的數學頭腦眞的很差。他請客之言一出，立刻被他太太康妮頂了回去：

「你知道請四十二位團員一頓法國大餐要多少錢嗎？」

我們又是一陣大笑，可是馬丁的盛情我們眞的感動。

當晚，領隊Michael領全團到一家「高檔」巴黎餐館去，落座之後，卻發現少了馬丁。等我們指指點點跟侍者「比畫」完我們要的東西，這才看見馬丁提了一大袋子鮮花走進餐廳。

晚餐畢，舉杯謝領隊謝導遊，再打心底兒感謝每位有緣同團出遊的朋友。那陌生而親切卻又像無中生有的熱情，只有從教堂出來的感覺差可比擬。「說時遲，那時快」之際，馬丁拿出那些鮮花，送給每位女士一朵「巴黎的黃玫瑰」。

再沒有比這更令人驚訝的禮物了。康妮笑說：

「這可比請你們吃法國大餐省錢多了。」

馬丁的丈母娘搖了搖頭：

「明天就回美國了，又不能進海關。真是，只有老美會做這種事。」

大凡浪漫的事，都是一顆天眞可愛的心才想得出做得到，我想。於是我把那朵浪漫的花塞進行李袋，硬是闖過了海關，變成我心裡的一個小故事。

這個故事是關於旅行嗎？這個故事是關於老美和老中的文化差異嗎？這個故事便是我瓶中那枯乾的法國玫瑰身上一個所有權的記號嗎？

我捨不得丟棄的，不是花的存在，是一段記憶的活化石。

喫茶趣

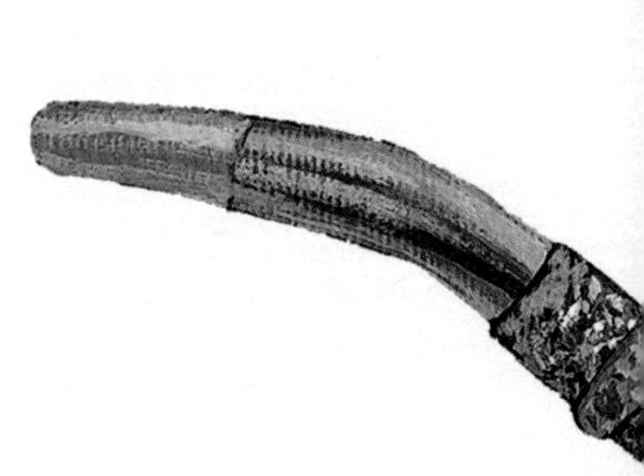

多年以前，婆婆由南美巴拉圭帶回一樣紀念品：一支湯匙似的吸管。銀質、腰間鑲兩顆紅寶石的吸管，一端扁平，一端略彎；扁平處布滿針孔似的小洞，彎的一端如同煙嘴。製作精美可愛，像件藝術品，不像生活用具。

據說這是巴拉圭人喝茶用的。喝茶用吸管，未免造作，當時以爲又是歐洲人到南美殖民發明的文明玩意兒。

讀李維—史陀《憂鬱的熱帶》，讀到巴西土人用「煙斗」

吸馬黛茶（Mate）的儀式——恍然大悟。原來煙管似的「茶具」是原住民的發明，並非文明產物，只是如今做得華麗引人，成了觀光紀念品。

馬黛是冬青槲（Holly-Oak）屬的矮樹，煙火熏烤過的樹葉磨成綠色顆粒，就是馬黛茶。

喝馬黛的方法很多：放在冷水中煮開了喝也可以，直接用冷水沖也可以。味苦似咖啡，但顏色深綠。如果不能忍受它的苦，可以把馬黛粉加糖在鍋裡烤焦，再沖入沸水、過濾，就是巴西人說的「女人才喝的甜馬黛」。

北美印第安人用長長的煙管點上濃濃的菸草款待貴賓，巴西土人用馬黛茶道禮遇朋友。

他們的茶道，是在葫蘆裡滾水泡成糊狀的馬黛茶中，插一根煙斗樣的銀吸管。吸管底端呈球狀，穿了許多小洞過濾茶渣。喝茶的人一個一個輪流傳著啜飲吸管裡的茶。第一次喝的人，往往會燙傷了嘴。

我想，金屬也許代表貴重，不然銀管爲什麼不用動物的骨或角來做呢？

喝茶喝成一種儀式，就成了藝術。原野上，天蒼蒼、野茫茫，圍成一圈的粗民，傳著茶葫蘆，你吸一口、我吸一口，大家分享一段共同的休閒時光——多麼可愛美妙的生活藝術。何必茶藝館？何必精食美具？

心，才是我們從古到今浪漫的發源地。

我把玩著這根喝茶的煙斗，想到：是不是藝術的成就需要高度個人化，生活的品質卻來自群體的分享？

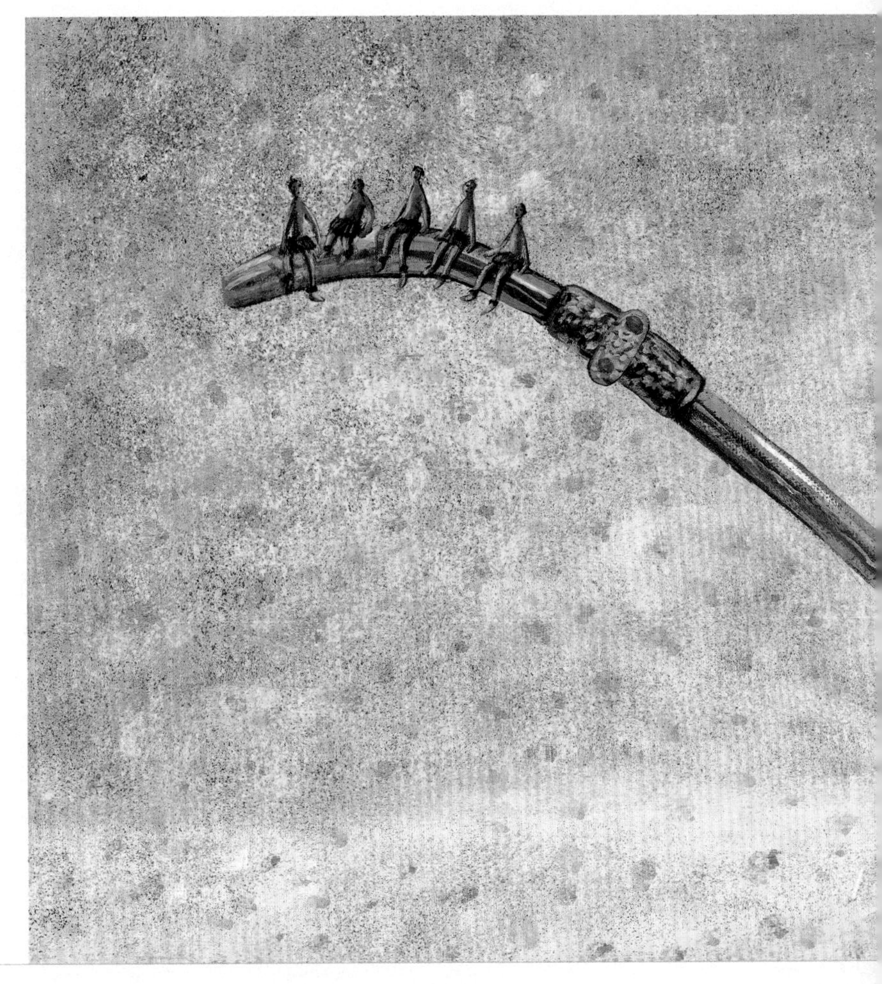

筆

我帶著報社送給作者的那枝金筆，到學生活動中心的書店換筆心，沒能如願。

極有耐心的女店員說：

「這一定是外國來的，對不對？」

我說：「是的，台灣的。」

她說：「眞是漂亮。」

那筆，是金色的底，鏤著黑色的圖案，刻著「聯合報董事長王惕吾敬贈」。的確是枝挺漂亮的原子筆。拿在手上且有金屬的沉重厚實感，當然不是那種「用完即丟」的筆。

其實，我不缺筆用。蹩腳一點的原子筆，幾乎不必去買，得來全不費工夫。實驗室、圖書館，只要是學生有來有往的地方，不難撿到「失落的筆」。馬路邊、草地上也偶或出

現些「不知名的筆」。

記得小的時候，一枝鉛筆可以削了又削直用到寸餘長的光景。現在的人，掉幾枝原子筆，簡直比雞毛蒜皮還不值。

剛到加州來，婆婆送了我一對派克十二K金筆。女兒比我還要喜歡，硬把原子金筆借了去用，理由是：「擺著不用，等於沒有。」結果是：「沒擺著，用了，也等於沒有。」因爲不到一個月，她就弄丟了。另外那枝金筆，擱在我的皮包裡，難得一用。寫稿用金筆，像殺鵝取金蛋，諷刺得傷心，當然不用了。拿它簽支票，倒是相得益彰，可惜機會太少。

前年生日，文友路一沙送我一對「銀筆」。我這才有了眞正的「文筆」——就用它來寫稿，寫的是朋友的盛情。

此外，有銀行送的、保險公司贈的，每次搬家Welcome Wagon的睦鄰小姐也總要送上幾枝印了廣告的筆。電話公司更是別出心裁，把原子筆做成電話造型，筆套是白色的聽筒，筆身扁平藍色，是有收集癖者的「好獵物」。

銀行送筆，可以說是別有居心。電話公司也送筆，我想不出什麼道理——懶得寫字的人，要筆何用？

總之，我覺得我好像從來沒買過筆，筆筒裡的筆卻愈滾愈多。我記不得我的第一枝原子筆怎麼來的了。我的第一枝自來水筆，我卻是永遠記著，那是舅舅送的畢業禮。舅舅待我如同己出，我的玩具鋼琴、我的派克鋼筆、我的第一只新手表，甚至在爸爸媽媽那兒被疏忽了的補償，都由舅舅那兒得來。鋼筆，早已不知了去向，一想到舅舅，我依然是滿心的感謝。

人家說：「愛就是煩惱。」有愛就有煩惱，有煩惱才有愛。從前的鋼筆，你還要伺候它「喝水」，至今難忘。現在的原子筆，隨用隨丟了，煩惱少愛也不多。若有了特殊感情的，如這一枝報社的聖誕禮物，就不免麻煩了。

我眞是不缺筆用，也從不迷信「工欲善其事，必先利其器」，可是，一枝漂亮而沒有心的筆，眞叫我難受——不是因爲漂亮就要它有心，這是苛求。而是不願意見到故鄉來的東西交到我手上卻由有而無，只存其表了——一枝沒有找到心的筆，是我耿耿於懷怯怯的鄉情。

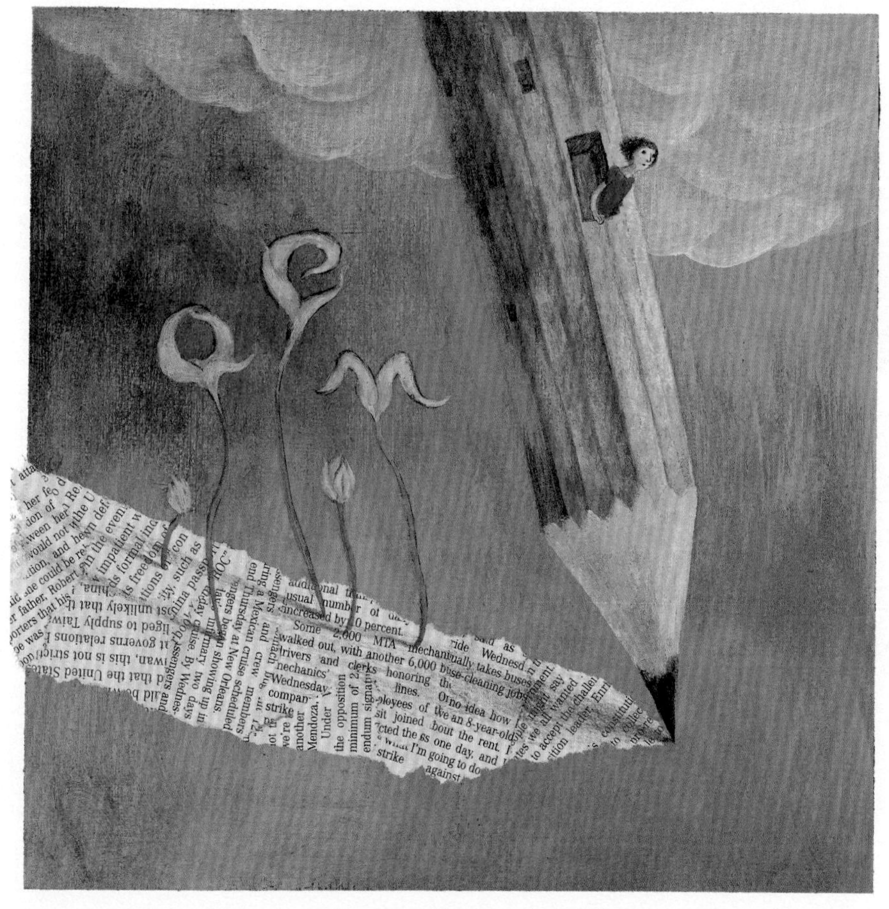

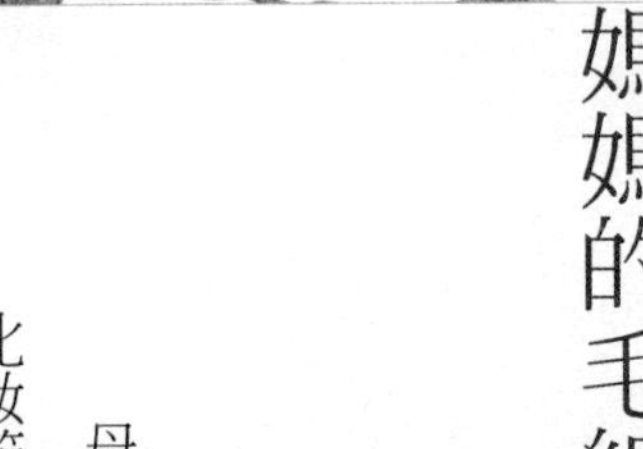

媽媽的毛線針

母親去世七年多了，每當想起她遺下的一只深灰色手提化妝箱，我的思念之河，便因之氾濫。

那曾經是她心愛過的小箱，裡面盛著我們可以理解的戒指耳環、口紅香水之類；也盛著我們不能理解的釦子銅板，零散的細碎之物。那些她喜歡過的理由，都隨她去了。那些她喜歡過的東西，卻不得不留下來。

要是她能都帶了去，也許我們心裡會好過一點。要是我們也能跟了她去，我們就不必悲痛。死的傷心處——捨不得也要捨得，捨得卻叫人明白人世間「有情」的限度與「無情」的不可抗力……

媽媽的箱裡，還有一把用舊了的毛線針，如今變成我箱裡那旁人不可理解之類的一寶。

媽媽的毛線針，有十根竹製的、六根紅漆鋁針以及兩根銀色的不鏽鋼針。

竹針很細，可能是四號跟五號的，兩頭削尖。有五、六根已經泛黃，光滑無比，看得出是常用的，上面自然有著母親的汗漬。

鋁針是我替她在美國買的，一頭尖，另一頭有個帽扣套著，可防止毛線滑脫，亦可將帽扣拔掉變成兩頭尖的。其中四根，兩頭都磨損到紅漆褪盡泛著鋁白，另外兩根卻仍是全新的。有兩根還有點彎曲，久用的跡象。

全新的那兩根，是九號針。我還記得有一陣子流行毛海，長長的毛，粗針粗線，一件毛衣三兩下子好像就完工了。我跟媽媽說：就用這針打毛衣吧，省事。不記得那時候她說過什麼沒有。如今我才想到：打毛衣無非是她殺時間的唯一消遣。要她三兩下子就完工做什麼呢？完工的成品，我們又挑三揀四，往往還是只愛穿那百貨公司自己去買的毛衣。

兩根全新的九號鋁針，像我年輕時的愚昧，包容在母親沉默的愛裡。

那兩根銀色的不鏽鋼針，一看便是給小孩用的，長度只有母親常用的毛線針的三分之二。那是我小時候用過的，上面留著我跟母親共度的美好時光。

前幾天，女兒要學打毛衣。我拿出這一把毛線針來，說：

「這是外婆用過的。你要哪一種？」

她一眼就看上最粗最新的鋁針：「用這個打，一定可以打得快一點。」

我把那兩根不鏽鋼針抽出來，撫摸著：

「媽媽小時候是用這針跟外婆學的。」

她說：「好可愛，好可愛喲。」

是這針短小得可愛嗎？孩子氣得可愛嗎？還是我曾經兩隻小手學著外婆的模樣一針一針織我的第一條毛線圍巾的情景可愛？

我的眼裡泛起了淚光。

我第一條自織的毛線圍巾，已經不見了；我的母親離開人世，也七年有餘。然而，母親小心珍藏著我用過的第一副毛線針的心意，卻依然還在，永遠都會長在我的心上。

卡繆《瘟疫》書裡寫道：

在無可避免的瘟疫與我們生命的一場鬥爭當中，我們所能眞正擁有的，不過只是知識與回憶而已。

唉！知識雖然叫我明白了「死的圖像」，回憶卻時時點醒我「愛的溫暖」。知識讓我知道：有一天當我也要去赴死亡的盛宴，人們打開我的百寶箱會訝然於這許多的雞毛蒜皮；然而，我所賴以維生的，豈不正是這些點點滴滴的愛與回憶嗎？

稚情

有這麼一隻小熊：白得像雪、軟得像雲，眼睛是巧克力色的玻璃釦，鼻嘴之間彷彿在笑，頭上還綴一朵小小的紅絨花。

它坐在玩具店擺滿絨毛動物的架子上。我第一眼看見，覺得它朝著我笑。第二眼再看，覺得它確實在跟我笑，彷彿女兒小時候要惹人去抱的那種巧笑。我忍不住了，把它拿下來，一時之間竟忘了是來給小女兒買生日禮物。

玩具店裡，人來人往，我不好意思地摸著它的小臉小手。我眞但願自己還是個孩子，可以盡情擁它抱它。

我看了看價錢，也挺「與眾不同」。

外子說：「太不划算，你不能揀隻別的小熊嗎？」

我想著自己一再告誡孩子：「這世上並不是想要什麼就能要得到手。」算了吧。我心一橫，把那可愛的小白熊放回架子上去。

臨走，我又捨不得了。我走過去，把它藏在一隻獅子背後。我想我先回去想想，實在不能忘情再回來帶它回家。

還沒到家，在路上，我就後悔了。所謂划算與不划算，是怎麼個算法？比起我一天的薪水，它或許太貴。比起其他，它已然偷去了我的心。

我也不能像個孩子似地哭起來，說我多麼喜歡它。我也不能像個孩子似地，一轉身就忘掉了這回事。我只定定地想著它，雲似的雪似的白和那點與眾不同的意態。

第二天，我們又到那玩具店去。我逕直走到那架子旁邊，推開那隻獅子。我的小熊，我的小熊，它不在了。

是的，這世上並不是什麼東西都可以要得到手，小熊啦、茵夢湖啦、孩子似的赤情啦……等等、等等。我心裡漾起了一陣無名的激盪，水花四濺，直濺到眼睫之間。

故事‧捨不得，說不完……（後記）

捨不得，大概有兩種，一種是吝嗇，一種出於情感的軟弱。我的捨不得，兩者皆不是，或許接近一種沉澱後的愛。

我最早的「不捨得」是從收集盒子開始，寫了散文〈盒子〉，常收到三朋五友相贈，於是盒子變成我的第一號「得而不捨」。我窮極無聊想過成立一個「盒友會」，恨不得把盒子當郵票似與同好交換才好。其實眞要有人來換，我還沒有一樣肯換出去，因爲在在難捨。

說實話，我捨不得的東西，很少是值錢的。有些是遺物，有些是禮物，有些是不期而遇商店裡地攤上與我有緣的貨品。我捨不下的，往往是物件背後隱藏的故事。想起大江健三郎《爲什麼孩子要上學》

書裡的回憶：

大江小時候有次病重躺在醫院，怕死怕得要命。母親總告訴他不會的不會的。他忍不住問：要是我眞死了怎麼辦？

母親說：那我會把你再生下來。

他又問：他怎麼知道我是怎樣的呢？

母親說：我會把你現在的一切統統告訴他。

因此他就安心了。

捨不得死，才是我們一生最大的不捨。比起這段動人的情節，我還有一個「超級捨不得」的故事要說。是在一位神父的書裡讀到：

那是戰場上發生的故事。槍林彈雨中，一個小兵發現好

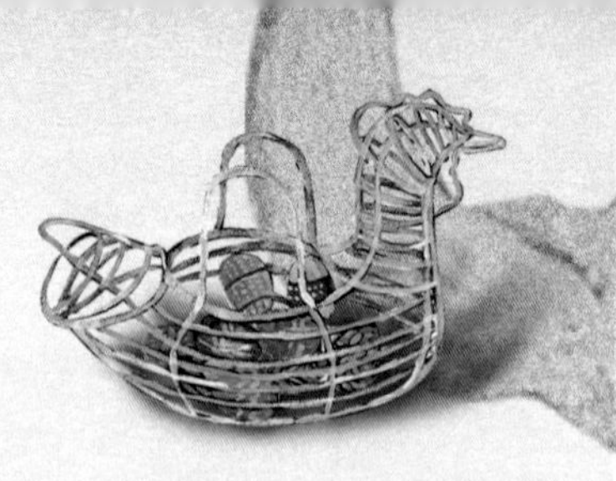

友受了重傷沒跟著回來，著急萬分，跟長官報告：我要去救他回來。

長官說：你不要命啦，回頭是敵人的陣地，不准去。

小兵說：我一定得去。

長官說：去，就槍斃。

小兵還是不顧一切衝回去了。

在屍體當中終於找到他垂死的好友，朋友在他懷裡嚥下最後一口氣。

小兵回到部隊，軍令如山，槍斃前長官問他：這値得嗎？

他說：値得的。因爲好友臨死前說：我知道你會來。

開始寫《捨不得》的時候，很怕犯了敝帚自珍的毛病。寫著寫著，倒覺得世上每樣物品都好像那個戰場上垂死的小兵一樣，等著說

最後一句話：我知道你會來。我，會不會就是那個說白謊的母親或者不怕槍斃的小兵呢？

捨不得死，爲了等你來。捨得死，是爲了完成心中的超級捨不得。

自從有了小外孫女兒，常等不及想告訴她我心中許多許多故事。所有的故事，都因爲有人捨不得不說有人捨不得忘記，才留下來。物是人非的時候，故事像螢火蟲一樣飛去，只看你能否在文學的叢林裡重新發現它們。

謝幕感言

種一株羽樹　◎喻麗清

早熟的代價是寂寞。我寫小品，詩集當紅；我寫散文，小品發燒；等文學沒落，我又想回到原點寫「生命的伏筆」——詩。有陣子也想寫小說，後來覺得小說像造謠，太費心計，因此放棄。

如今我才明白：在素白的生活中加入時光的色彩生命的重量，使它美麗發光，寫出一種「素人作家」不卑不亢的境界，這或許就是我的夢想。

以前出書，都像無心插柳，這一次是好好來種樹。在我種樹的同時，我的夢開始長出翅膀來——我多麼希望這些樹裡，會有一株羽樹：春天來到，在那樹下讀過它的人，都會長出翅膀。

生活，豐盈以彩色的快樂　◎崔永嬿

很多人說工作和興趣要分開的告誡，我不但沒有遵守還樂在其中。或許因爲我並不把畫畫當工作，也或許只因爲我是一個幸運的人。

當初一個偶然我接觸了兒童繪本，之後又因爲更多偶然這變成我的工作。將一枝筆沾了水染上顏色塗在紙上再將筆上的顏色在水裡洗去，是我每天重複幾百次的動作，但看似單調的動作，其實包含無限的樂趣。

尼采「永劫回歸」的神祕概念，無論是否眞正印證我們的生命中，對活著的人，這是消逝便不再回頭的生命。正因爲如此，我這工作和興趣不分的小小快樂，才得以豐盈我的生活。

LOCUS

LOCUS

LOCUS

LOCUS